Beatrice Masini

DIE UNGLAUBLICHEN ABENTEUER DER HEILIGEN DREI KÖNIGE

Beatrice Masini

DIE UNGLAUBLICHEN ABENTEUER DER HEILIGEN DREI KÖNIGE

Mit Illustrationen von
Angela Marchetti

Aus dem Italienischen von
Gabriele Stein

Tyrolia-Verlag · Innsbruck–Wien

Mitglied der Verlagsgruppe »engagement«

Bibliografische Information Der Deutschen Nationalbibliothek
Die Deutsche Nationalbibliothek verzeichnet diese Publikation in der Deutschen Nationalbibliografie; detaillierte bibliografische Daten sind im Internet über http://dnb.d-nb.de abrufbar.

Titel der italienischen Originalausgabe: Il viaggio dei tre re

Druck und Bindung: Theiss, St Stefan im Lavanttal
ISBN 978-3-7022-3406-5
E-Mail: buchverlag@tyrolia.at
Internet: www.tyrolia-verlag.at

In jedem Kind wird der Messias geboren,
damit wir ihn in unseren Armen wiegen.

Bruno Tognolini, *Lilim del tramonto*

Auf dem Türsturz eines alten, halb verfallenen Hauses in Mazzin, einem Dorf im Fassatal im Trentino (Italien), ist eine lateinische Inschrift in den Stein gemeißelt. Sie besagt in etwa, dass Kaspar, Melchior und Balthasar im Dezember 1518 hier vorbeigekommen sind. Ich weiß nicht, was das bedeuten soll, vielleicht ist es eine Tradition. Eines Tages werde ich es herausfinden. Einstweilen stelle ich mir gerne vor, dass die drei Könige in jenem Dezember vor so vielen, vielen Jahren wirklich hier waren. Aus Versehen – einem so merkwürdigen Versehen, dass ich Lust bekommen habe, davon zu erzählen.

Inhalt

Prolog

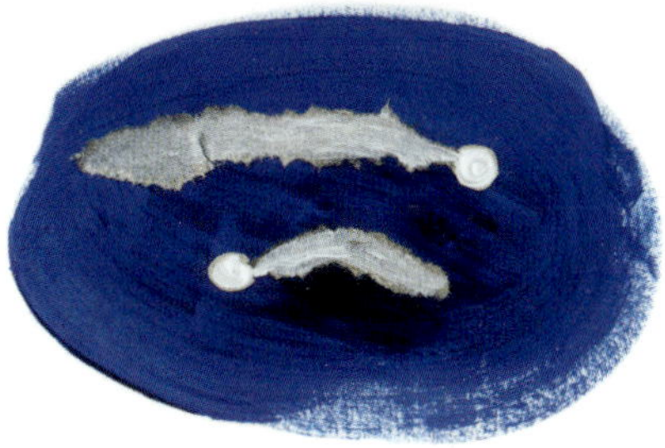

Eines Nachts, am ersten Dezember irgendeines Jahres, nahmen Kaspar, Melchior und Balthasar den falschen Kometen.

Wie? Sie nahmen den falschen Kometen? Wie das?

Nun, das war so: In jenem Jahr zogen nämlich zwei Kometen über den Himmel. Der eine war jener, der wie jedes Jahr geradewegs zur Krippe führte. Derselbe wie immer. Der andere war ein unbekannter, kleiner Komet. Er hatte noch keinen Namen, weil es an jenem Tag in jenem Monat in jenem Jahr noch keine Astronomen gab, die mit Ferngläsern in den schwarzen Himmel blickten und nach geheimnisvollen Sternen suchten, denen sie Namen geben könnten. Genau genommen gab es noch nicht einmal Ferngläser.

Also wurde der kleine Komet in jener Nacht von niemandem bemerkt – außer von den drei Königen, die sich wie jedes Jahr darauf vorbereiteten, einem Kind mit ihren Geschenken zu huldigen.

Inzwischen wussten sie, was sie erwartete. Sie verirrten sich nicht mehr in der Wüste, wie beim ersten Mal. Sie mussten nicht mehr anhalten, um irgendeinen Hirten mit schläfrigem Blick nach dem Weg zu fragen, oder einen Tyrannen mit spitzem Bart und giftigen Augen. Sie wussten, wohin sie gingen. Sie kannten sogar ein paar Abkürzungen. Sie waren sich ihrer Sache sehr sicher.

Und genau diese Sicherheit ließ sie den Weg verfehlen. Denn in der Nacht an diesem ersten Dezember glaubten sie, ihren Stern zu sehen. In Wirklichkeit jedoch sahen sie den kleinen Kometen, der namenlos bleiben sollte. Und dem folgten sie dann. Aus Versehen.

Und so waren sie in der Nacht des 24. Dezember sehr, sehr weit von ihrem eigentlichen Ziel entfernt …

»Meinst du nicht auch, dass unser Komet dieses Jahr ein bisschen klein geraten ist, Kaspar?«, fragte Melchior unsicher. Es war Abend, und die Reise der drei Könige hatte gerade erst begonnen.

»Ich meine, dass du blind wie ein Maulwurf bist, Melchior«, schnaubte Kaspar. »Komet ist Komet.«

»Daran gibt es keinen Zweifel«, mischte sich Balthasar ein. »Ein Komet ist kein Planet.«

»Wollt ihr vielleicht mit diesen albernen Wortspielen aufhören? Und stattdessen darüber nachdenken, wo wir die Nacht verbringen?« Kaspar konnte es nicht leiden, wenn man sich über ihn lustig machte.

»Seht, da unten ist eine Oase«, sagte Melchior und zeigte auf eine Ansammlung von Palmen, die sich schwarz gegen den dunkelblauen Himmel der hereinbrechenden Nacht abhoben.

Schon bald hatten die drei Könige die Oase erreicht und stiegen von ihren Kamelen. Kaspar sammelte Holz, Melchior machte Feuer und Balthasar, der Älteste, wärmte sich die Hände.

»Heute Abend koche ich«, erklärte Kaspar.

»Hoffen wir das Beste«, murmelte Melchior.

Balthasar schwieg und starrte in die Flammen. Dann sagte er: »Erinnert ihr euch noch an die Geschichte mit Maria und dem Zwiebelfladen?«

»Erzähl«, bat Melchior. »Dann können wir, während Kaspar kocht und wir anschließend essen, was er gekocht hat, in Gedanken auch noch ein bisschen von dem Fladen damals essen.«

Und Balthasar erzählte.

DER ZWIEBELFLADEN

An der Straße nach Betlehem lag ein ganz kleines Dorf. Es gab nicht viele Läden dort, doch einer durfte natürlich nicht fehlen: die Bäckerei.

Eines Tages um die Mittagszeit kam ein frischvermähltes Paar vorbei, das es eilig hatte. Er trug einen Bart, sie war noch ganz jung. Sie reisten mit einem kleinen Esel, er vorneweg, sie obenauf, denn sie erwartete ein Kind.

»Ich habe Hunger«, sagte sie, als die beiden fast am Ende des Dorfes angelangt waren.

»Aber wir haben es eilig«, erwiderte er.

»Aber ich habe Hunger«, beharrte sie. »Hunger auf Brot. Und das Kind hat auch Hunger. Das spüre ich, das weiß ich.«

Also gab er nach, ließ seine junge Frau und den Esel am Ortsausgang stehen und kehrte um. Er betrat die Bäckerei.

»Ich hätte gerne Brot«, sagte er.

»Brot ist aus«, antwortete der Bäcker. »Ich räume gerade den Laden auf, bevor ich schließe. Es gibt nur noch ein Stückchen Zwiebelfladen.«

»Das nehme ich.« Der Mann war erleichtert.

»Ich schenke es dir.« Der Bäcker wickelte das Stück Fladen in ein Feigenblatt. Dann stellte er sich in die Tür und sah dem Mann nach, der zu seiner jungen Frau zurückging.

Die Frau schlug das Feigenblatt auseinander und rümpfte die Nase. »Du weißt doch, dass ich keine Zwiebeln mag!«

»Es gab nichts anderes«, sagte der Mann. »Aber riech doch, wie es duftet ...«

Die Frau schnupperte zunächst argwöhnisch, aber es stimmte. Sie roch das Öl und das Mehl und den weichen Schmelz dieser kleinen, fast durchsichtigen Stückchen. Sie biss hinein. Die Zwiebeln waren süß, der Teig knusprig. Köstlich. Im Nu hatte sie das ganze Fladenstück aufgegessen.

»Ich will mehr«, sagte sie und leckte sich zuerst die salzigen Lippen und dann die fettigen Finger ab.

»Das war das letzte Stück, und der Bäcker macht zu. Schau«, erklärte der Mann, drehte sich um und deutete auf die Bäckerei.

»Frag ihn wenigstens«, bat die Frau.

Und der Mann kehrte um.

Er erklärte dem Bäcker, was seine Frau wünschte. »Sie ist noch so jung«, fügte er hinzu. »Und sie erwartet ein Kind, weißt du?«

»Das kenne ich«, erwiderte der Bäcker. »Aber ich kann jetzt keinen Fladen mehr backen. Der Ofen ist nicht mehr heiß genug. Komm morgen wieder.«

»Aber wir müssen weiter«, erklärte der Mann. »Wir können nicht hierbleiben.«

»Man tut viel für eine junge Frau, wenn sie ein Kind erwartet«, sagte der Bäcker. Dann drehte er sich um und ging.

Der Mann kehrte zu seiner Frau zurück und schüttelte den Kopf. Sie verstand. Und weil sie zwar jung und naschhaft, aber nicht streitsüchtig war, seufzte sie nur und sagte: »Geduld. Aber das war der beste Fladen, den ich je gegessen habe.«

Das Paar machte sich wieder auf den Weg. Sie kamen nach Betlehem und fanden keine Unterkunft. Also mussten sie sich mit einem Felsenstall am Stadtrand begnügen. Dort wurde in jener Nacht das Kind geboren. Und weil es ein ganz besonderes Kind war, gelangte die Kunde von seiner Geburt bis in das Dorf des Bäckers. Der freute sich darüber, denn es ist immer etwas Schönes, wenn ein Kind geboren wird. Doch er dachte ganz gewiss nicht mehr an das junge Paar, das erst am Tag zuvor bei ihm vorbeigekommen war.

Noch am selben Tag erschienen gegen Mittag zwei Engel im Laden des Bäckers. Er hatte zwar noch nie Engel gesehen, erkannte sie aber sofort.

»Was ... was kann ich für euch tun?«, stammelte er.

»Du hast versprochen, ein Stück Zwiebelfladen für eine junge Frau zurückzulegen«, erinnerte ihn der größere der beiden Engel.

»Das wollen wir abholen«, sagte der kleinere.

»Sie sagt, das sei der beste Fladen gewesen, den sie je gegessen habe«, ergänzte der größere Engel. »Und jetzt, da sie das Kind bekommen hat, weißt du, muss sie wieder zu Kräften kommen.«

»Aber ... ich ... habe alles verkauft«, verteidigte sich der Bäcker verlegen.

»Man tut viel für eine junge Frau«, sagte der kleinere Engel. »So war es doch, Herr Bäcker, oder nicht?«

Der Bäcker antwortete nicht. Rasch nahm er einen Armvoll Holz, fachte das Feuer im Ofen wieder an und begann Wasser, Mehl, Öl und Salz zu verkneten. Als er die Zwiebeln hackte, weinte er vor Rührung. Geschickt verteilte er sie auf dem ausgewalzten Teig. Dann schob er den Fladen in den Ofen. Und wartete. Und als der große Fladen fertiggebacken war, nahm er ihn heraus. »Ihr müsst noch warten«, sagte er zu den Engeln. »Er ist noch zu heiß.«

»Das macht nichts. Er wird beim Flug abkühlen«, meinten die Engel. Dann hoben sie ab und hielten dabei den Fladen wie ein Banner zwischen sich ausgestreckt.

»Ich weiß noch genau, wie köstlich der war«, schmatzte Balthasar, während er den Couscous aufaß, den Kaspar gekocht hatte.
»Ja, weil der gute Bäcker ihn viele Tage lang täglich gebacken und der jungen Frau geschenkt hat«, erklärte Kaspar.
»Du meinst Maria«, korrigierte ihn Melchior.
»Ist das nicht dasselbe?«, entgegnete Balthasar.
»Und sie war so freundlich, uns davon probieren zu lassen«, sagte Kaspar.
»Ich mag eigentlich auch keine Zwiebeln.« Melchior verzog das Gesicht.
»Bist du sicher?« Kaspar grinste ihn an. »In dem Couscous, den du gerade isst, ist Zwiebel drin.«

»Lästig, diese kleinen Mücken.« Kaspar fing eine mit der Hand.
»Das sind Geschöpfe wie wir. Die haben auch ein Recht, zu leben«, sagte Balthasar, der so klug gewesen war, sich den Kopf am Morgen mit einem leichten Tüllschleier zu umwickeln, damit die Tierchen ihm nicht zu nahe kommen konnten.

»Zu leben schon, aber nicht, einen Dreikönig zu durchlöchern«, protestierte Kaspar.

»Offenbar sind deine Mücken nicht so zartfühlend wie eine gewisse Stechmücke, an die ich mich noch sehr genau erinnern kann«, bemerkte Melchior.

»Ach ja, an die erinnere ich mich auch«, sagte Kaspar.

DAS GESCHENK DER STECHMÜCKE

Als sich zu Land und zu Wasser die Neuigkeit von der Geburt des Kindes verbreitete, kamen nicht nur Männer und Frauen, um ihm ihre Geschenke zu bringen. Auch die Tiere machten sich auf den Weg – geführt vom Licht des Kometen. Sie wussten, dass etwas Außerordentliches geschehen war: Ein neuer König war in die Welt gekommen, und sie wollten ihm huldigen.

Jedes Tier brachte, was es konnte. Zunächst einmal sich selbst, und dann noch ein kleines oder großes Geschenk, das für das Kind gedacht war. Kühe, Ziegen und Schafe gaben Milch, ihre Hirten machten Butter und Käse daraus: nicht

nur, um Maria und Josef zu ernähren (das Kind trank eine andere Milch, nämlich die von seiner Mutter), sondern auch, um die vielen, vielen Menschen sattzubekommen, die inzwischen in Betlehem zusammengeströmt waren. Ein besonders großzügiges Schaf kam, um dem Kind sein Lämmchen zu schenken, aber Maria schickte es sofort zurück: »Es gibt kein größeres Opfer für eine Mutter, aber niemand hat dich darum gebeten, und außerdem geht es ihm bei dir am besten.« Das war ganz klar eine Angelegenheit unter Müttern.
Die Singvögel schenkten ihre Lieder, und die Vögel, die nicht so gut singen konnten, Raben und Krähen zum Beispiel, schenkten ihr Schweigen. Hunde und Katzen schenkten ihr Wedeln und ihr Schnurren, strichen Maria um die Beine, leckten Josef das Gesicht und schleckten ganz, ganz vorsichtig mit behutsamer Zunge auch hin und wieder über die winzige Kinderfaust.
Die Schmetterlinge überwanden ihre Angst, längere Zeit an einem Ort zu bleiben, ließen sich an den Rand der Krippe nieder und blieben dort sitzen, wobei sie ganz sachte ihre schillernden Flügel bewegten. Und das Kind sah die Farben und lächelte. Die Ameisen brachten alles, was sie das ganze Jahr über gesammelt hatten: Weizen- und Hirsekörner, die kaum ausgereicht hätten, um dem Kind einen ganz kleinen Fladen zu backen, wenn es denn überhaupt Zähne gehabt hätte, um ihn zu kauen. Auch dieses Geschenk wies seine Mutter sanft zurück. Die Absicht genügte.

Nur ein Tier wusste nicht, was es dem neuen König schenken sollte: die Stechmücke. Das Geräusch, das sie beim Fliegen machte, war zu leise, um das Kind in den Schlaf zu singen. Vorräte besaß sie keine, weil sie sich von frischem Blut ernährte. Und doch wollte auch sie dabei sein und in diesem besonderen Augenblick dazugehören.
Als Josef sie um das Kind herumschwirren sah, verscheuchte er sie instinktiv mit der Hand. Da verstand die Stechmücke, was ihr einzig mögliches Geschenk sein konnte. Nicht sie selbst zu sein, also nicht zu stechen.
Ein großes Geschenk. Ein Opfer. So setzte sie sich auf einen Felsvorsprung

und schaute dem seltsamen und wunderbaren Schauspiel zu: wie die Welt sich vor einem Neugeborenen verneigte.
Sie war so klein, so grau, beinahe durchsichtig, dass in der allgemeinen Aufregung des Augenblicks niemand auf sie achtete. Maria war es, die nach zwei Tagen den Blick über die Felswände des Stalls gleiten ließ und sie entdeckte: winzig und zitternd, schwach und erschöpft, ausgehungert. Obwohl für alle Nahrung im Überfluss da war – die Mitbringsel der Hirten und Bauern und die Gaben der Tiere –, konnte sich die Stechmücke jedoch nur von einem ernähren, nämlich Blut. Und wenn sie nicht bald Blut saugte, würde sie in kurzer Zeit sterben.
Und so entblößte Maria, die in einem Augenblick solcher Freude nicht einmal das kleinste Geschöpf leiden sehen wollte, ihren Arm und sagte zu ihr: »Komm!« Die Stechmücke verstand nicht sofort.
»Komm«, wiederholte Maria. »Komm und trink und feiere mit mir!«
Sie war ja nur ein kleines Tier. Und fast verhungert. Also ließ sie sich auf Marias Haut fallen – selbst zum Fliegen fehlte ihr die Kraft – und stach hinein. Aber nur ganz vorsichtig, so behutsam, wie sie eben konnte. Und dann trank sie. Noch nie hatte sie süßeres Blut getrunken.
»Ich danke dir, dass du mein Kind nicht gestochen hast«, sagte Maria schließlich zu ihr. »Das ist das schönste Geschenk, das du ihm machen konntest.«
Und die Stechmücke flog davon, satt und glücklich.

»Das war ganz sicher keine Verwandte von denen hier«, zischte Kaspar. Er fuchtelte mit den Händen, doch es gelang ihm nicht, den Mückenschwarm, der völlig außer Rand und Band geraten war, zu verscheuchen. Balthasar sah ihm lächelnd zu: »Wenn sie so auf dich fliegen, dann heißt das wohl, dass du eine Delikatesse bist.«
Doch Kaspar hatte ihn nicht bemerkt, er war viel zu sehr damit beschäftigt, sich zu kratzen.

»So viele Sterne und so viele Planeten.« Es war kurz vor dem Einschlafen, Kaspar lag in seinem Schlafsack aus Daunen und grüner Seide und blickte in den Himmel. »Ich sollte sie alle kennen, aber manchmal habe ich das Gefühl, es sind mehr als früher.« »Das ist durchaus möglich«, meinte Balthasar. »Es gibt eine Welt, die wir kennen, und es gibt unendlich viele Welten, die wir noch nicht kennengelernt haben. Gemessen an der Weite des Universums ist unser Wissen gering.«
»Wie wahr.« Auch Melchior schaute zu den Sternen. »Vielleicht ist einer dieser Planeten das Zuhause von Blubb. Erinnert ihr euch noch an ihn? Wie er unserem Stern gefolgt ist, weil er dachte, es wäre seiner?« Kaspar nickte: »Das war ein komischer kleiner Kerl. Natürlich erinnere ich mich an ihn ...«

EIN STERN FÜR EINEN AUSSERIRDISCHEN

Auf einer ihrer vielen langen Reisen zum Kind waren die drei Könige nicht so ruhig und entspannt wie sonst. Sie hatten ständig das Gefühl, dass ihnen jemand folgte. Dabei konnte man in der Wüste gar nicht verfolgt werden, ohne den Verfolger zu sehen, und weder vor noch hinter ihnen, weder rechts noch links von ihnen war irgendjemand oder irgendetwas außer Wind, Wolken und Sand.
Doch dann, eines Nachts, begriffen die drei Könige, was vor sich ging. Sie hatten ihr Lager an einem alten Brunnen aufgeschlagen, der ihnen frisches und gutes Wasser lieferte, und wollten gerade ein wenig schlafen. Da flackerte ein leuchtendes Ding über den Himmel, landete mit einem weichen Plumps im Sand und blieb dort liegen. Es war rund und grün, und es bewegte sich. Neugierig geworden standen die drei Könige auf und gingen vorsichtig darauf zu. Das Licht wurde schwächer, sie konnten eine große Metallscheibe erkennen,

an deren Oberseite sich eine Glaskuppel befand. Darin saß ein leuchtendes Wesen, das ungefähr so aussah: Es hatte einen dicken Kopf, lange, dünne Arme und Beine und einen kurzen Leib. Die Kuppel klappte halb auf, das Wesen sprang mit einem Satz vor ihnen auf den Sand. Es schwankte ein bisschen wie jemand, der eine lange Schiffsreise hinter sich hat.

»Es lebt«, sagte Kaspar. »Es leuchtet«, sagte Melchior. »Wer bist du?«, fragte Balthasar. »Blubb«, lautete die Antwort. Es klang hohl und metallisch. »Blubblubb.« »Er sagt, dass er aus dem Weltraum kommt«, übersetzte Balthasar. Er konnte das Wesen verstehen, denn er besaß die Sprachengabe. Und dann, nach einigen weiteren Blubbs:

»Er sagt, dass er wie wir dem Stern folgt. Aber er behauptet, es sei sein Stern.«

»Dann sag ihm, dass er sich irrt«, fuhr Melchior auf. »Das da ist unser Stern ... also ... ich meine, es ist der Stern des Kindes, und deshalb kann es nicht seiner sein.« »Er besteht darauf«, entgegnete Balthasar. »Er sagt, dass auf seinem Planeten alle auf Wanderschaft gehen und einen Kometen einfangen müssen, den sie am Schweif hinter sich herziehen. Wer das nicht schafft, wird fortgejagt. Er hat sich entschlossen, den da zu nehmen.« Balthasar wies auf den Kometen, der ruhig und ohne Eile über den Himmel schwebte, weil er ja wusste, wohin er ging und wann er ankommen würde. »Er will ihn jetzt fangen und fortbringen.«

»Das geht nicht«, widersprach Kaspar. »Ohne Komet kein Weihnachten. Sag ihm, wenn er das nicht einsieht, dann haue ich ihm eins auf die Nase, das heißt, auf die Stelle, wo andere Leute ihre Nase haben ...«

»Wir wollen nicht streiten«, versuchte Balthasar zu beruhigen. »Wir sind friedliche Menschen. Ich weiß auch schon, wie wir uns einigen können.« Und dann fing er an, mit dem seltsamen Wesen in dessen Sprache zu reden – zum großen Erstaunen seiner Freunde, die ihn schon Aramäisch und Frabundisch, Lateinisch und Singiliesisch, Griechisch und Karthù, aber noch nie und mit niemandem Blubb hatten sprechen hören.

Das Wesen ließ sich überzeugen, soweit man das aus seiner grünlichen Miene ablesen konnte. Jedenfalls schlüpfte es wieder in seine Kuppel und

knipste das Licht aus. »Er schläft jetzt hier bei uns«, erklärte Balthasar. »Morgen kommt er dann mit, und wir sehen, was wir tun können.«
Die anderen beiden Könige stellten keine Fragen: Sie waren müde, es war spät, und Reisen war anstrengend. Außerdem war Balthasar sehr klug und machte niemals Dummheiten.
Am nächsten Morgen stiegen die drei Könige wieder auf ihre Kamele und setzten ihre Reise fort. Blubb begleitete sie. Er war ein ruhiger, schweigsamer Reisegefährte. Und nützlich – denn als sie in einen Sandsturm gerieten, half ihnen das grüne runde Licht wieder herauszufinden.
Als sie an der Krippe angekommen waren, erklärte Balthasar Josef die Geschichte mit dem Kometen. »Könnte er sich unseren Stern nicht ausleihen?«, fragte er schließlich. Josef war einverstanden: »Der Komet hat seine Aufgabe erfüllt und euch wie immer zu mir gebracht. Sagt Blubb nur, dass er ihn bitte zurückschicken soll, wenn er ihn nicht mehr braucht. Für nächstes Jahr.«
Mit dieser Lösung war Blubb sehr zufrieden. Und ehe er den Schweif des Kometen an sein Raumschiff band und damit verschwand, machte auch er wie alle anderen dem Kind ein Geschenk – ein Geschenk aus dem Weltraum: Auf manchen Bildern berühmter Maler hält das Kind eine grüne oder goldene Kugel in der Hand, die die Welt darstellen soll. Zumindest glauben das die meisten. In Wirklichkeit aber handelt es sich um ein Modell von Blubbs Raumschiff. Sein Geschenk an den König eines anderen Universums.

»Manchmal fehlt mir dieses seltsame Kerlchen.« Balthasar seufzte. »Ihr habt euch ja auch bestens unterhalten an dem Abend damals«, meinte Kaspar. »Du hast immerzu gelacht. Was hat er dir eigentlich so Lustiges erzählt?« »Witze«, grinste Balthasar. »Dieser eine, wie ging der noch ...« Er grübelte kurz und fing darauf wieder an zu lachen. »Warum erzählst du ihn nicht einfach?«, fragte Melchior ein bisschen verärgert. »Weil ihr ihn nicht verstehen würdet ...« Und Balthasar kicherte weiter vor sich hin.

»Ich kann mich nicht erinnern, dass es im Dezember schon mal so warm gewesen wäre«, stöhnte Melchior und blickte hinauf in den hellen, heißen Frühnachmittagshimmel. »Und dabei haben wir schon einige Dezember erlebt ...«
»Warm?« Balthasar ritt vergnügt durch die Hitze, als wehte ihm eine frische Brise um die Nase. »Mir ist es gerade recht so.«
»Du bist eine Eidechse, mein Lieber«, grinste Kaspar. »Und du bist alt. Alte Leute haben ja bekanntlich Angst vor der Kälte ...«
»Als ob du so viel jünger wärst«, sagte Balthasar leicht verärgert.
»Ruhig, ruhig, streitet euch nicht«, mischte sich Melchior ein. »Wem es zu warm ist, der soll halt an etwas Kaltes denken.« »Eiswürfel«, murmelte Kaspar. »Eiszapfen. Gletscher. Schnee ...« »Schnee, oh ja.« Balthasars Miene hellte sich auf. »Wisst ihr noch, damals, als wir diese Scherereien mit dem Schnee hatten?«

SCHNEE IN DER WÜSTE

Nach mehreren Weihnachtsfesten – vielleicht so an die tausend – hatte man an der Krippe das Bedürfnis, etwas zu verändern. Ja, etwas Neues sollte die Dinge ein bisschen in Schwung bringen. Ein Schutzengel hatte die Idee gehabt: Er hieß Uriazel und bewachte die Grenzen der Welt. In den letzten Jahren war er für den Großen Norden zuständig gewesen. Und als er dann zum Weihnachtsengel befördert wurde, machte er sofort einen Vorschlag:
»Wisst ihr, im Norden, wo es immer kalt ist, liegt zu Weihnachten Schnee. Könnten wir das hier nicht auch haben? Weiße Weihnachten?«
»Schnee?«, fragte einer der Hirten. »Davon habe ich mal gehört ... Das ist etwas Weißes, das vom Himmel fällt. Mein Großvater hat davon erzählt, er hat es als Kind mal erlebt.«

»Schnee?«, fragte eine Bäuerin. »Das Wort kommt mir bekannt vor. Das ist etwas Kaltes, oder? Etwas, das nicht von Dauer ist ...«

»Das ist alles richtig, was ihr da sagt.« Uriazel blickte in die Runde. »Aber ich versichere euch: Eine schneebedeckte Welt mit dem Licht von Weihnachten, das ist ein ganz außerordentlicher Anblick.«

»Gut, dann lasst uns diesen Schnee doch mal ausprobieren«, meinte die Eierverkäuferin. »Aber wo bekommt man den? Wie wird er gemacht?«

Nach einer langen Besprechung beschlossen die Leute von der Krippe, diese Aufgabe den Heiligen Drei Königen anzuvertrauen: Kaspar, Melchior und Balthasar sollten zu Weihnachten den Schnee bringen. Die drei wussten natürlich ganz genau, was Schnee ist. Zwischen den Weihnachtsfesten waren sie – als Pilger, Forscher oder Touristen verkleidet – viel auf Reisen, und der Norden der Welt war eines ihrer Lieblingsziele. Doch gerade weil sie wussten, was Schnee ist, war ihnen auch sofort klar, dass man diese Aufgabe eigentlich nicht lösen konnte. Dennoch wollten sie es versuchen. Nachdem sie sich eine Weile beraten hatten, trennten sie sich. Am 24. Dezember, so die Verabredung, wollten sie sich beim Stall von Betlehem wieder treffen. Mit Schnee. Koste es, was es wolle.

Und tatsächlich waren alle zum verabredeten Zeitpunkt da.

Kaspar war bis zum Nordpol gereist und hatte dort eine bedrohlich aufgeblähte Wolke eingefangen, eine Wolke voller Schnee. Die hatte er dann an einen Schlitten gebunden, der von acht Hunden gezogen wurde. Hunde wie diese hatte man hier noch nie gesehen, sie hatten ein blaues und ein braunes Auge und liefen auf Sand genauso schnell wie auf Schnee. Doch statt es schneien zu lassen, blähte sich die Wolke im warmen Palästina nur noch mehr auf und wurde dicker und dicker, bis sie sich schließlich wie ein Ballon in die Höhe erhob und die acht Hunde mit den merkwürdigen Augen mit sich forttrug.

Melchior hatte das grönländische Meer bereist und dort einen ganzen Eisberg ins Schlepptau genommen: Der bestand aus Eis und Schnee, das konnte funktionieren. Doch schon auf der Höhe von Portugal war der Eisberg allmählich kleiner geworden: Das immer wärmere Wasser hatte ihn förmlich aufgelutscht, und als das Schiff des heiligen Dreikönigs an der Küste von Palästina anlegte, zog es nur noch ein leeres Schleppnetz hinter sich her.

Balthasar schließlich kam am 24. Dezember mit einer Holzschachtel bei der Krippe an. Er begrüßte seine Gefährten, die enttäuscht und niedergeschlagen waren, tröstete sie und öffnete die Schachtel. Sie enthielt eine Kugel aus durchsichtigem Glas mit einer fremdartigen, weißen Landschaft darin: weißen Bergen und weißen Bäumen und einem komischen runden, ebenfalls weißen Mann, der eine Karotte als Nase hatte und einen schwarzen Hut auf dem Kopf trug. Balthasar nahm die Kugel in die Hand und schüttelte sie. Und gleich darauf wirbelten Hunderte kleiner weißer Flocken darin umher, sanken langsam auf die weiße Landschaft nieder und machten sie noch weißer.

»Das ist Schnee«, erklärte Balthasar und zeigte allen die Kugel. »Nachgemachter Schnee, denn wir haben alles versucht, aber den echten herzubringen, das ist uns bis jetzt noch nicht gelungen. Aber so hat man eine Vorstellung, wie er aussieht.«

Alle an der Krippe wollten wieder und wieder sehen, wie die Kugel sich mit weißen Flocken füllte, wenn man sie schüttelte. Sie riefen »Ooooh« und

»Aaaaah«, und einer von ihnen beschloss, sich auf die Reise zu machen, um echten Schnee zu sehen. Das Kind lächelte nur, denn es konnte noch nicht sprechen. Aber es war ein großes und schönes Lächeln, das der Schnee auf sein Gesicht zauberte.

»Was wohl aus der Schneekugel geworden ist?«, überlegte Balthasar. »Vielleicht hat das Kind damit gespielt und sie kaputtgemacht. Kinder sind manchmal schrecklich tollpatschig.« »Er doch nicht!« Melchior war etwas schockiert. »Er ist DAS Kind!« »Aber dennoch ein Kind. Weißt du nicht mehr, wie weh es tut, wenn er einen am Bart zieht?«, erinnerte ihn Kaspar. »Von Kindern lässt man sich alles gefallen«, sagte Balthasar sanft. Und dabei hatte er das Gesicht eines Großvaters, der an seinen Enkel denkt. Einen Enkel, der weit weg wohnt, den er aber bald wiedersehen wird.

»Was für Gold hast du dieses Mal mitgebracht?«, fragte Kaspar Melchior, als sie sich wieder auf den Weg machten. »Blattgold«, antwortete Melchior. »Es sieht schön aus, es ist originell, und vor allem ist es leicht.« »Ja, nicht wie damals, als du die Goldklumpen mitgenommen hast.« Balthasar musste grinsen. »Dein Kamel war so erschöpft, dass es dreimal versucht hat auszubüxen«, sagte Kaspar. »Ganz zu schweigen von den Räubern«, ergänzte Balthasar. »Aber am Ende ist doch alles gut ausgegangen, nicht wahr?« Melchior blickte seine beiden Weggefährten triumphierend an.

HINTERHALT UNTER PALMEN

In jenem Jahr bestand das Goldgeschenk, das der heilige Dreikönig Melchior dem Kind mitbringen wollte, aus Goldklumpen. Die sahen im Grunde aus wie Steine, waren aber aus Gold und sehr, sehr wertvoll. Und sehr, sehr schwer. Melchior hatte zwei Säcke randvoll damit gefüllt. Eine entsetzliche Last für sein Kamel, das ja auch noch ihn selbst tragen musste. Und Melchior war zwar der kleinste der drei Könige, aber er war auch ziemlich rundlich, weil er gerne gut aß.

Wer mit einer so schweren Last durch die Wüste ritt, zog zwangsläufig die Aufmerksamkeit von Räubern auf sich. Die Heiligen Drei Könige redeten zwar normalerweise nicht über ihre Mission, weil sie aus Erfahrung wussten, dass es nicht klug ist, zu viel zu erzählen. Doch die Räuber von Ali Kafir waren sehr schlau: Sie verkleideten sich als Kameltreiber und boten den drei Königen eines Abends im Lager einen köstlichen Gewürzwein an, in den sie Schwatzpulver hineingemischt hatten. Dieses Pulver löst selbst einem Stummen die Zunge. Der intensive Geschmack der Gewürze überdeckte den merkwürdigen Beigeschmack des Pulvers, und schon bald saßen die drei Könige da und erzählten alles über die Last, die sie bei sich trugen, und über ihr

Ziel. Dann kippten sie, schlaff wie Puppen, hintenüber und fielen in einen tiefen Schlaf.

Ali Kafir interessierte sich weder für den Weihrauch noch für die Myrrhe. Aber natürlich für das Gold. Und weil er ein schlauer Räuber war, nahm er nicht einfach die beiden Säcke mit, denn das hätten die drei Könige ja sofort bemerkt. Und daraufhin hätten sie vielleicht Magie angewandt, um die Diebe zu bestrafen. Es war also besser, kein Risiko einzugehen, und so befahl Ali Kafir seinen Räubern, die Säcke mit Flusssteinen zu füllen.

Am nächsten Morgen erwachten die drei Könige. Sie waren allein, neben ihnen lagen die Reste des Lagerfeuers. Aufgrund des Schwatzpulvers hatten sie herrlich geschlafen und konnten sich an nichts mehr erinnern. Sogleich machten sie sich wieder auf den Weg und erreichten am 24. Dezember ihr Ziel. Sie kamen gerne ein bisschen zu früh, denn dann konnten sie von weitem dem Geschehen an der Krippe zusehen. Und so warteten sie versteckt hinter einem Hügel, bis der 6. Januar anbrach und auch sie an der Reihe waren, dem Kind ihre Geschenke zu bringen. Melchior war dabei der Erste, der die Säcke öffnete und entdeckte, dass sie anstelle der schönen Goldklumpen nur Steine enthielten. Wie versteinert stand er da.

Erst in diesem Augenblick kehrte den drei Königen die Erinnerung an jenes Zeltlager in der Wüste und an die seltsamen Kameltreiber zurück, die so freundlich gewesen waren und ihnen einen so guten Gewürzwein serviert hatten ... Aber natürlich! Sie waren es gewesen!

Maria und Josef versuchten die drei Könige zu trösten, doch vergeblich. Sie standen so unter Schock, dass sie nicht einmal das Fest genießen konnten.

In der Wüste war aber noch jemand, der sich nicht so recht freuen konnte – über seine Beute nämlich. Zum allerersten Mal in seinem Räuberleben hatte Ali Kafir Gewissensbisse. Diese schönen Goldklumpen, die eigentlich für ein kleines Kind bestimmt gewesen waren – so hatten es ihm die drei alten

Männer erzählt –, lagen ihm wie Felsbrocken auf der Seele. Was für ein Leben würde der Kleine jetzt führen, so ganz ohne das Gold? Ein Leben in Armut. Und Ali Kafir, der ein Dieb geworden war, weil er nicht mehr arm sein wollte, wusste genau, was Arm-Sein bedeutete. Ganz davon zu schweigen, dass es wirklich nicht sehr nett gewesen war, das Vertrauen der drei Alten so zu missbrauchen.

Ali Kafir erinnerte sich jedoch, dass die drei Könige ihm von einem Licht erzählt hatten, das sie an ihr Ziel führte. Also blickte er zum Himmel empor – und da sah er es. Weit, weit weg, aber ganz hell, obwohl es Tag war. Sofort sattelte er seinen Araberhengst, lud sich die beiden Säcke mit den Goldklumpen auf den Rücken und galoppierte los, immer dem Stern hinterher.

Als er am 7. Januar dort ankam, löste sich die Krippengesellschaft bereits auf. Maria und Josef packten die Koffer für ihre Reise nach Ägypten. Die drei Könige saßen bedrückt in einer Ecke. Ali Kafir schwang sich aus dem Sattel und warf sich ihnen zu Füßen.

»Väter, vergebt mir den Diebstahl, den ich begangen habe. Ich möchte dem Kind zurückgeben, was ihm gehört ... Wo ist es?« Suchend sah er sich um und entdeckte den Kleinen, der ruhig in seiner Wiege schlief. Als er das kleine, liebe Gesicht sah, senkte sich ein tiefer Frieden in sein düsteres Herz und machte es wieder leicht. Ali Kafir stellte die beiden Säcke zu Füßen des Kindes ab. Genau in diesem Moment erwachte es und blickte ihm in die Augen. Von da an gab es in der Welt einen Dieb weniger und einen guten Menschen mehr.

»Und so hat alles nochmal ein gutes Ende genommen. Was der gute Ali Kafir wohl inzwischen macht?«, überlegte Kaspar. »Bestimmt hat er noch sein kleines Restaurant am Ufer des Roten Meeres«, meinte Balthasar. »Die Fisch-und-Brot-Suppe dort war wirklich köstlich.«

»Wir sollten ihn besuchen, wenn alles erledigt ist«, schlug Melchior vor. »Ich könnte wirklich mal wieder einen schönen Strandurlaub gebrauchen.«

»Jedenfalls bin ich nicht der Einzige gewesen, der Probleme mit seinen Geschenken hatte, stimmt's?« Die drei Könige überquerten gerade einen ausgetrockneten Fluss und Melchior warf Kaspar einen spitzbübischen Blick zu, woraufhin der rot anlief, was aber wegen seiner schwarzen Haut niemandem auffiel. »Den Frauen hat es gefallen«, gab dieser trotzig zurück. »Ja, ja«, Balthasar lachte in seinen Bart. »Nur, dass es in der Krippe roch wie in einer Parfümerie ...«

»Ganz zu schweigen von der Reise ...«, fügte Melchior hinzu.

DIE PARFUMHÄNDLERIN AUS DEM SUK

Alle Jahre wieder ging Kaspar, ehe er sich auf die Reise machte, alleine in den Suk von Akaba, einer berühmten Stadt im Orient, um sein Geschenk für das Kind zu kaufen: die beste Myrrhe, die es gab. Myrrhe ist eine weiche Paste, die man aus der Rinde verschiedener Pflanzen gewinnt und die unter anderem bei der Parfumherstellung verwendet wird. Und der Suk ist das Herz jeder orientalischen Stadt: ein Labyrinth aus engen Gassen, die sich kreuzen und ineinanderschlingen und auf beiden Seiten von winzigen Läden gesäumt sind. Hier werden Waren aller Art feilgeboten: Töpfe und Teppiche, Gläser und Geschmeide, Gewürze und Pfeifen, Sättel und Messer. Man kann wirklich schwach werden, wenn die Händler und Marktfrauen einen am Ärmel zupfen und in ihr Geschäft ziehen, um einem ihre Ware zu zeigen, wenn sie lauthals verkünden, es sei die beste weit und breit, und wenn sie einem dann leise ins Ohr flüstern, man müsse sie unbedingt kaufen, kaufen, kaufen ...

Kaspar hatte einen Parfumhändler, zu dem er stets ging: den alten Assam, der ihm die beste Myrrhe der Welt verkaufte. Doch in diesem Jahr traf Kaspar anstelle des mit Tiegeln und Flacons vollgestopften Ladens auf einen Schellenverkäufer. Zuerst dachte er, er hätte sich verlaufen – das kann im Suk schnell passieren. Doch kurz darauf war er sicher, dass er am richtigen Ort war: zwischen dem Geschäft des Seidenverkäufers und jenem des Gewürzhändlers. Also erkundigte er sich bei Letzterem.

»Ah, der alte Assam«, sagte der Gewürzhändler. »Der ist nicht mehr da.«

»Ist er auf Reisen gegangen?«, fragte Kaspar.

»Oh, ja. Auf die längste Reise, die es gibt. Die, von der man nicht wiederkehrt.«

Kaspar senkte den Kopf. Also war der alte Assam gestorben. Er sprach ein stilles Gebet für ihn. Dann sah er sich um: Er musste einen anderen Parfumhändler finden, der ihm gute Myrrhe verkaufte. Plötzlich stand eine winzig kleine Frau mit blauschwarzen Knopfaugen vor ihm, die ganz in Blau gekleidet war. »Assams alte Kunden kommen alle zu mir«, meinte sie und hakte sich bei Kaspar ein. »Du doch auch, oder?«

»J-ja, sicher.« Kaspar war verwirrt. Aber ich brauche eine ganz besondere Myrrhe ...«

»Das weiß ich doch, natürlich weiß ich das.« Die Frau nickte. »Alle hier wissen, dass du einer seeehr wichtigen Persönlichkeit ein seeehr großes Geschenk machen musst ... Schau: Das hier ist die beste Myrrhe auf dem Markt.« Sie hielt ihm ein kleines Gefäß aus blauem Glas unter die Nase, das einen wunderbaren Duft verströmte. »Die ist sogar besser als die von Assam, stimmt's? Und du musst sie noch nicht einmal bezahlen. Du musst mich nur mitnehmen. Es heißt, dass man dort, wo du hingehst, gute Geschäfte machen kann ...«

Kaspar zögerte. Er brauchte die Myrrhe wirklich, und er hatte keine Zeit, einen anderen Parfumhändler zu suchen. Und würde er doch schnell einen finden, könnte ihn dieser vielleicht übers Ohr hauen. Es ist nicht so einfach, im Suk Geschäfte abzuschließen. Und diese Myrrhe war hervorragend, seine Nase trog ihn nicht ... Also seufzte er und willigte ein.

Seine Gefährten waren natürlich alles andere als begeistert, als sie erfuhren, dass eine Marktfrau aus dem Suk von Akaba mit ihnen reisen würde. Sie waren nicht mehr die Jüngsten und hatten so ihre Gewohnheiten, die sie nur ungern einer Frau zuliebe aufgeben wollten. Doch das Frauchen schenkte ihnen eine wunderbare Creme: »Sie glättet die Falten, wisst ihr? Das habt ihr wirklich nötig, ihr pflegt eure Haut ja gar nicht, sie ist völlig ausgedörrt von der Sonne und der heißen Wüstenluft ...«

Und tatsächlich machte die Creme ihre Haut ganz herrlich zart und hinterließ ein angenehm kühles Gefühl. Und als sie ihr Ziel erreicht hatten, fand sich zwischen dem Tisch mit dem Käse und dem mit den Töpferwaren auch noch ein Platz für den Tisch mit den Cremetiegeln der Marktfrau aus dem

Suk, die bei den Frauen an der Krippe, den Hirtinnen und Verkäuferinnen, den Handwerkerinnen und Bäuerinnen, einen enormen Erfolg hatte. Auch Maria bekam ein Töpfchen – geschenkt natürlich.

»Also, diese Creme hat zwar keine Wunder gewirkt, aber sie war gut«, gab Balthasar zu. »Hier!« Kaspar zog zwei Tiegel aus der Satteltasche. »Einen für dich und einen für Melchior. Von der Parfumhändlerin aus dem Suk von Akaba mit besten Empfehlungen.«

»Was für eine schöne Nacht«, seufzte Kaspar. Er lag lang ausgestreckt in seinem Schlafsack aus weichen Gänsedaunen und blickte in den Himmel. Die Hände hatte er hinter dem Kopf verschränkt. »Schaut euch den Mond an«, sagte Balthasar. »Er sieht aus wie eine Silbermünze.«
»Wenn man sich vorstellt, dass wir es uns beinahe mit ihm verscherzt hätten ...«, erinnerte sich Melchior. »Von seinem Standpunkt aus betrachtet hatte er gar nicht so unrecht«, meinte Kaspar. »Es war nur eine Laune«, erwiderte Balthasar. »Ohne ihn wäre die Nacht doch gar keine richtige Nacht ...«

DER BELEIDIGTE MOND

Es geschah am 25. Dezember gegen Abend, nachdem sich die Aufregung ein bisschen gelegt hatte und sich die Müdigkeit wie ein Schleier über die ganze Krippe breitete. Der Kometenstern hatte sein Licht gedämpft und leuchtete mild und sanft. Die Hirten waren zu ihren Herden auf die nahen Hügel zurückgekehrt. Die Frauen und Kinder saßen um die Feuer herum. Sie wollten noch etwas essen, ehe sie sich dem wohlverdienten Schlaf überließen. Nach der vorhergegangenen Nacht, in der sie alle wachgeblieben waren, war die Erschöpfung groß. Und nachdem das Kind eingeschlafen war, nutzte auch Maria die Gelegenheit für einen kurzen Schlummer. Nur Josef schlief nicht. Er stand aufrecht wie immer, stützte sich auf seinen Stock und hielt Wache. Und so war er auch der Erste, der bemerkte, dass der Mond nicht mehr da war.
»Komisch«, dachte er. »Gestern war er doch noch da, und es war Vollmond ...« Es war auch keine Wolke am Himmel, hinter der er sich hätte verstecken können. Besorgt verließ Josef seinen Posten und wandte sich an den römischen Soldaten. Der hatte bestimmt gute Augen, denn er war ein Wachsoldat.
»Siehst du den Mond irgendwo?«, fragte Josef.

Der Soldat ließ seine Augen prüfend über den ganzen Himmel schweifen, danach musste er die Frage verneinen.
»Fragen wir den Fischer«, schlug er vor. »Der hat auch gute Augen.«
Doch auch der Fischer konnte den Mond nicht entdecken.
Bei all diesem Hin und Her war Maria wachgeworden. Sie saß auf dem Stroh und hörte zu, was die Männer sprachen, dann sagte sie mit ihrer sanften Stimme: »Ich glaube, er ist beleidigt.«

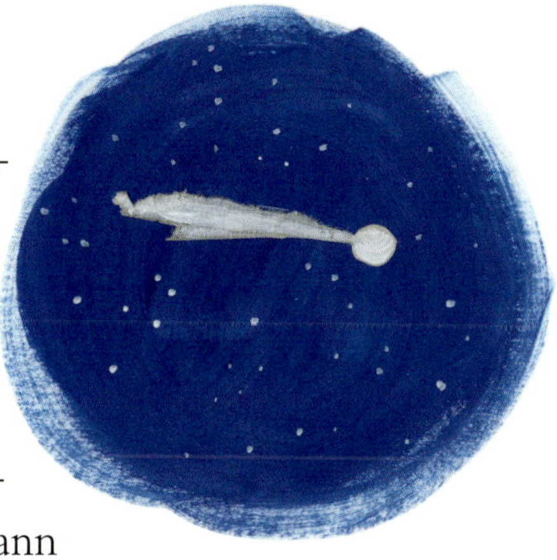

»Beleidigt? Und warum?«, fragte Josef.
»Weil normalerweise er das Wichtigste am ganzen Himmel ist. Er ist größer und heller als die kleinen Sterne. Doch unser Komet hat ihm die Schau gestohlen ... Er ist ein bisschen eifersüchtig, das ist alles.«
»Da haben wir ja ein schönes Problem«, meinte die Müllerin, die sich zur Gruppe gesellt hatte. »Ohne Mond werden die Nächte sehr dunkel sein, und wenn der Komet dann auch nicht mehr da ist, wird man überhaupt nichts mehr sehen!«
»Wir müssen ihn finden«, beschloss Maria. »Und ihn überreden, dass er an den Himmel zurückkehrt.«
Also machten sie sich auf die Suche. Die Leute von der Krippe sahen überall nach: in den dichtesten Sträuchern und den schwärzesten Schatten. Doch sie fanden den Mond nicht. Dann aber spähte ein Kind, der Sohn eines Fischers, in den Brunnen und rief: »Kommt schnell, hier ist er!« Alle beugten sich über die Ziegeleinfassung des Brunnens, sahen hinunter und tatsächlich – dort war er und leuchtete zittrig unter der Wasseroberfläche, quecksilbrig wie ein Fisch.
»Was jetzt?«, fragte die Müllerin.
»Nichts jetzt. Das ist eine Sache für meinen Papa«, bestimmte der Sohn des Fischers und holte ihn. Der Fischer warf sein Netz in das tiefe Wasser des Brunnens und beim dritten Versuch gelang es ihm. Er fing den Mond ein und zog ihn hoch. Nass und leuchtend und so hell, dass es in den Augen wehtat, tauchte der Mond wieder auf.

Maria ergriff als Erste das Wort. »Lieber Mond«, begann sie, »wir haben verstanden, was du uns sagen wolltest. Und jetzt wollen wir dir etwas sagen: Wir brauchen dich in unseren Nächten. Die Sterne sind schön, aber du bist kein Stern. Du bist unser Mond, und das werden wir nie vergessen.«
Genau das war es, was der Mond hatte hören wollen. Er strahlte gleich noch ein bisschen heller und beschwerte sich nicht, als ein Engel vom Hüttendach herabstieg, ihn am Rand packte und ihn unter großer Mühe und schweren Flügelschlägen schließlich wieder zurück an den Himmel und an seinen Platz beförderte.
Und dann sahen die Leute von der Krippe alle hinauf und bewunderten ihn:
»Was für ein schöner Mond!«
»Auf ihn können wir wirklich nicht verzichten!«
»Oooh, so groß habe ich ihn noch nie gesehen!«
Natürlich waren diese Komplimente ein wenig übertrieben, denn der Mond sollte sich ja wohlfühlen und es nicht bereuen, dass er wieder an seinen Platz zurückgekehrt war. Und genau das bewirkten sie auch. Kurz darauf machte sich der Komet wieder auf den Weg durchs Universum. Er würde erst in elf Monaten zurückkehren. Der Mond aber blieb an seinem Platz und hing am Himmel, um für den Rest des Jahres die Nächte zu erhellen – und der Rest des Jahres ist schließlich sehr viel länger als die Zeit, in der der Stern von Betlehem über der Krippe leuchtet.

»Wie kann man nur so eitel sein ...« Kaspar schüttelte den Kopf. »Na hör sich das mal einer an! Das sagst ausgerechnet du? Wer wird denn immer zur Furie, wenn wir ihm nicht den ersten Platz in der Reihe überlassen?« Kaspar warf ihm einen bedeutsamen Blick zu. »Genau«, ergänzte Balthasar, »und dabei müsste doch eigentlich ich der Erste sein, weil ich der Älteste bin.« Und der Mond, der ihnen von oben zusah, dachte bei sich, dass auch die drei Könige ein bisschen eitel waren – genau wie er.

»Sein Kamel will mal wieder nicht weitergehen«, erklärte Melchior Balthasar. Es war spät am Vormittag, fast schon Mittag, und Kaspar war ein ganzes Stück hinter ihnen zurückgeblieben, mitten in der Wüste. Balthasar seufzte, drehte sich um und betrachtete die Szene: Kaspar, der sein Kamel anschrie und an den Zügeln riss, und das Tier, das seelenruhig dalag, die Beine überkreuz, und keinerlei Anstalten machte, aufzustehen. »Immer dieselbe Geschichte«, murrte Balthasar. »Nun, dann werden wir wohl wie üblich auf ihn warten müssen.«

»Dabei behauptet er doch immer, dass er mit Tieren so gut umgehen kann.« Melchior grinste. Da musste auch Balthasar lächeln: »Kannst du dich noch an das eine Mal erinnern, als er den Elefanten mitgebracht hat?«

DER ZOO VON BETLEHEM

Kaspar war am Ufer des Flusses Indus geboren, in Indien, dem Land der Elefanten. Und jedes Jahr nach ihrer großen, vom Stern geführten Reise kehrte er dorthin zurück, um sich zu erholen und seine Verwandten zu besuchen. Einmal besuchte er einen entfernten Cousin, den er nicht mehr gesehen hatte, seit sie beide Kinder gewesen waren. Er hieß Rohan und züchtete indische Elefanten – das sind die mit den kleinen Ohren. Indische Elefanten sind außerordentlich fleißig und können schwere Lasten schleppen. Kaspar war ganz begeistert von diesen starken und zutraulichen Tieren und dachte bei sich, wie schön es doch wäre, einmal nicht mit dem üblichen Kamel, sondern mit einem Tier an die Krippe zu kommen, das man in dieser Gegend noch nie gesehen hat.

Und so bat er seinen Cousin, ihm einen Elefanten zu leihen, und Rohan war einverstanden.
Kala war ein junger und sanftmütiger Elefant. Er merkte sofort, dass Kaspar nicht gerade ein Elefantenexperte war, und er sah auch, dass er ein bisschen Angst vor ihm hatte. Deshalb gab er sich große Mühe, ihn nicht zu erschrecken, und gehorchte auf jedes Kommando. Und als Kaspar am gewohnten Treffpunkt in der Oase am Rand der Wüste mit den anderen beiden Dreikönigen zusammentraf, gab er einen prächtigen Elefantenreiter ab. Melchior und Balthasar beneideten ihren Freund ein ganz kleines bisschen um sein neues Reittier, denn es war viel sanftmütiger und klüger als die Kamele, die häufig störrisch waren wie Maulesel und machten, was sie wollten.
Die Neuigkeit von dem heiligen Dreikönig, der nicht auf dem üblichen Kamel, sondern auf einem Langnasentier ritt – so nannten die Leute den Elefanten, weil sie seinen richtigen Namen nicht kannten –, verbreitete sich in der Welt der Menschen, aber auch unter den Tieren wie ein Lauffeuer. Der Panda, dieser große schwarzweiße Bär, der auf dem Dach der Welt in Tibet lebt, wo es die höchsten Berge gibt, erfuhr es; der Ameisenbär, der Ameisen frisst, nachdem er sie mit seiner klebrigen Zunge eingefangen hat, hörte davon; ebenso das Schuppentier, das mit merkwürdigen Platten besetzt ist und aussieht wie ein Panzerwagen; und auch das Lama, dieses eigenartige langhalsige Schaf, das so gerne spuckt ... Kurz gesagt, alle exotischen Tiere erfuhren, dass der Elefant zum Kind unterwegs war. Und sie protestierten. »Bis jetzt«, beschwerte sich der Pandabär bei der Pandabärin, »waren nur ganz gewöhnliche Tiere an der Krippe: Schafe, Hunde, Kühe und Kamele, damit der Kleine keine Angst bekommt. Aber wenn der Elefant hingeht, dann gehe ich auch!« Und so machte er sich auf den Weg. Dasselbe sagten und taten auch der Ameisenbär, das Schuppentier, das Lama, das Schnabeltier, der Wombat, der Koala, das Faultier ... Erstaunt und ein wenig verblüfft sahen die Menschen, an denen sie vorbeikamen,

dem Zug der Tiere nach: Der Anblick dieser seltsamen Wesen machte die Leute neugierig, aber auch ein wenig ängstlich. Doch sie waren allesamt ganz friedlich, griffen niemanden an und wurden auch von niemandem angegriffen.

Die Nachricht von ihrer Ankunft eilte ihnen voraus. So hatten die Engel Zeit genug, um Josef und Maria genau zu erklären, was das für merkwürdige Tiere waren, die sich in den nächsten Tagen vor dem Stall von Betlehem versammeln würden, und dass sich niemand zu fürchten brauchte: Diese Tiere hatten nur die allerbesten Absichten.

Die Einzigen, die nichts von der Ankunft der exotischen Tiere wussten, waren die drei Könige, weil niemand daran gedacht hatte, sie zu informieren. Und als am 6. Januar Kaspar auf dem Rücken seines Elefanten seinen triumphalen Einzug an der Krippe hielt – er war ganz sicher, dass man ihn mit vielen »Ooohs« und »Aaahs« empfangen würde –, da blieb ihm vor Staunen der Mund offenstehen. Er hatte alle überraschen wollen und war nun selbst überrascht: Zwar kannte er alle diese Tiere, aber nur aus Büchern. Er hatte sie noch nie in echt gesehen.

Zum Glück streckte das Kind eine Hand aus und griff nach der langen Nase des Elefanten. So konnte Kaspar ihm und allen Umstehenden doch noch dieses große, starke Tier vorführen, das er aus Indien mitgebracht hat. Und dabei machte er eine ganz prächtige Figur!

»Das war wunderbar, diese vielen exotischen Tiere«, schwärmte Balthasar. »Ja, die haben mir auch sehr gut gefallen«, stimmte ihm Melchior zu. »Ich mag ja eigentlich alle Tiere, auch die eigenwilligen Kamele.« »Normalerweise kommen die mit den Menschen ganz gut aus«, sagte Balthasar. Dann blickte er zurück zu Kaspar, der noch immer mit seinem störrischen Kamel beschäftigt war. »Zumindest mit den meisten Menschen«, fügte er hinzu.

»Heute Abend fühle ich mich nicht wohl«, klagte Balthasar nach dem Abendessen. »Ich habe ein bisschen Bauchweh ...«
»Kein Wunder. Du hast 23 Falafelbällchen gegessen! Die sind frittiert, und das verträgt man in deinem Alter nicht mehr so gut, weißt du?«, belehrte ihn Melchior. »Mach dir mal um mein Alter keine Sorgen«, gab Balthasar zurück. »Ich trinke jetzt ein bisschen Zentinakentee, und alles ist wieder gut.«
»Tja, für dein Bauchweh gibt es eine Arznei«, sagte Kaspar. »Aber ich erinnere mich an einen Fall, wo das nicht ganz so einfach war ...«

DAS KIND HAT BAUCHWEH

Im Januar bekam das Kind plötzlich Bauchweh. Es schlief nicht mehr, weinte und brüllte und wurde ganz rot im Gesicht, und die Menschen, die von weit her kamen und auf ein Lächeln von ihm hofften, mussten sich mit seinem verzweifelten Geschrei begnügen. Maria machte sich keine großen Sorgen: Ihre Freundinnen hatten mit ihren Kindern dasselbe erlebt, und so wusste sie, dass die Neugeborenen, wenn sie ihre Milch zu hastig trinken, auch Luft mit hinunterschlucken, die dann in ihren kleinen Bäuchen landet und dort alles durcheinanderbringt. Und so wiegte sie ihn geduldig, bis er einschlief. Doch schon nach kurzer Zeit wachte er mit einem Quäken wieder auf, und alles fing von vorne an. Josef, der von der Reise, der Anspannung und allem anderen ohnehin schon sehr müde war, fand keine Ruhe: Immer wieder löste er Maria ab – denn sie hatte wirklich etwas Schlaf verdient, doch er war nicht so gelassen wie sie. Er regte sich auf, weil er nicht wusste, wie er den Kleinen beruhigen sollte.
Natürlich hatten die Frauen zahlreiche gute Ratschläge gegeben – Kräutertees, Massagen, Lieder –, doch nichts half: Das Kind hatte weiterhin Bauchweh.

Und so wurden die drei Könige, als sie an ihrem Bestimmungsort eintrafen, von einer müden Gruppe, von denen alle dunkle Ringe unter den Augen hatten, empfangen: Inzwischen schlief wirklich niemand mehr, alle wechselten sich ab, um das Kind zu schaukeln. Und wenn sie nicht an der Reihe waren und eigentlich hätten schlafen können, weckte das Brüllen sie rasch wieder auf. Auch Maria war mit ihrer Kraft am Ende. Sie machte sich nicht einmal die Mühe, die Könige zu begrüßen. »Gut, dass ihr da seid«, sagte sie nur, »ihr habt doch bestimmt eine Arznei gegen dieses Säuglingsleiden.«
Da machten sie sich – ganz gegen die Tradition, die doch eigentlich vorsah, dass sie zuerst ihre Geschenke überreichten – sofort an die Arbeit. In ihren Satteltaschen hatten sie stets Heilkräuter bei sich: Zentifragum gegen die Schmerzen, Odopium zum Einschlafen, Warzenkraut, um die Nerven zu entspannen ... Ein bisschen hiervon und ein bisschen davon, und fertig war die Bauchmedizin, die die Schmerzen des Kindes lindern sollte. Doch nach dem ersten Löffel und nach dem zweiten und nach dem dritten war klar, dass sie gegen diese Art von Bauchschmerzen nicht half. Die drei Könige waren ratlos. Noch nie hatte eine ihrer Arzneien versagt. Also probierten sie es mit einer neuen Rezeptur, etwas mehr davon und etwas weniger hiervon ...
Plötzlich trat die Eierverkäuferin auf sie zu und fragte, warum sie nicht die alte Schahara um Rat baten. Ein Murmeln ging durch die Menge. Die alte Schahara war eine weise Frau, die Leute hielten sie für eine Magierin. Sie lebte in einer Höhle in der Nähe, und alle hatten Angst vor ihr.
»Bei einer Magierin? Aber wir haben hier drei Weise, und zwar besonders kluge ...«, meinte der Scherenschleifer.
»Ja«, erwiderte die Eierverkäuferin, »aber ihre Heilmittel wirken nicht ...«
Die drei Könige berieten sich. Am Ende sprach Balthasar für sie alle: »Ein kluger Mensch weiß auch, wann er mit seiner Kunst am Ende ist und andere um Hilfe bitten muss. Wir gehen zu Schahara.«
Und so machten sie sich auf den Weg zu Schaharas Unterschlupf. Die alte Frau saß auf dem Boden am Eingang zu ihrer Höhle und erwartete sie. Sie

war wirklich alt, sogar uralt: Als sie zu ihnen aufblickte, sahen sie ein Gesicht voller Falten und Runzeln, in dem die Augen zu verschwinden schienen. »Ich habe euch erwartet«, sagte sie. »Ich wusste, dass die Weisheit der drei Könige so groß ist, dass sie auch einen Wüstenfelsen wie mich um Rat fragen. Und ich danke euch für eure Demut, die euch groß macht. Hier!« Sie hielt Kaspar ein Ledersäckchen hin. »Mit diesem Pulver werden die Bauchschmerzen des Kindes verschwinden. Mit der Milch seiner Mutter hat es das Leid dieser Welt in sich aufgenommen. Er wird ihm auf Dauer nicht entgehen, aber jetzt, wo er noch so klein ist, können wir dafür sorgen, dass er keine Schmerzen mehr hat. Als Erwachsener wird er noch früh genug den Schmerz der Welt auf sich nehmen.«

Die drei Könige verneigten sich so tief, dass ihre Stirnen den Boden berührten. »Wir nehmen dein Geschenk an«, sagten sie im Chor, »aber nur, wenn du mit uns kommst. Auch du sollst mit uns feiern.« Schahara nahm die Einladung an, ließ sich auf ein Kamel heben und ritt mit den drei Königen zur

Krippe. Dort lösten sie das Pulver in einem Kräutertee auf, den das Kind gierig trank. Und endlich kam der Kleine zur Ruhe. Er lächelte wieder, und das Fest seiner Geburt konnte weitergehen – gemeinsam mit der weisen Alten, die ihn geheilt hatte.

»Hat die eigentlich nochmal jemand gesehen, die alte Schahara?«, fragte Balthasar. »Sie muss mindestens 130 Jahre alt sein.«
»Also ungefähr so alt wie du«, stichelte Kaspar. »Ha ha ha«, Balthasar warf ihm einen vernichtenden Blick zu. »Ich werde sie jedenfalls dieses Jahr besuchen.«
»Tu das! « Kaspar grinste. »Ihr beiden Alterchen werdet euch viel zu erzählen haben ...« Balthasar zuckte die Achseln und drehte sich weg. Er war so beleidigt, dass er sogar seine Bauchschmerzen vergaß.

»Schaut nur, wie schön!« Balthasar deutete auf einen Teppich aus winzigen rosa Blumen, die zwischen den Felsen blühten. Es ging bergauf, und der Weg war mühsam. Die Wüste war gebirgig an dieser Stelle, aber eine Wüste war es dennoch: trocken und trostlos – abgesehen von diesen winzigen rosa Blumen. »Sie sehen zerbrechlich aus, sind aber robust.« Kaspar beugte sich von seinem Kamel herab, um eine zu berühren. »Sie klammern sich an die Felsen und trotzen dem Wind und der Sonne.«

»Das sind die einzigen Blumen, die diese Hitze aushalten«, erklärte Balthasar. »Die Wüste ist eben wüst und leer, auch was Blumen angeht.«

»Zum Glück kann immer ein Wunder geschehen ...«, sagte Kaspar.

MARIAS WUNSCH

Nach ihrer langen Reise war Maria müde. Es war nicht nur die körperliche Müdigkeit, die ihr zu schaffen machte, die Rückenschmerzen, das Gewicht des Kindes in ihrem Leib, es war auch die Erschöpfung von jemandem, der tagaus, tagein immer nur dieselbe Landschaft vor Augen hatte. Und als Josef ihr behutsam vom Esel half und sie in den Felsenstall führte – den einzigen Ort, wo in jener Nacht noch Platz für sie war, da seufzte sie tief auf: »Schon wieder Felsen. Es ist wohl mein Schicksal, immer nur Felsen zu sehen. Wenn mein Kind die Augen öffnet, wird es als Erstes die felsigen Wände dieser Höhle zu Gesicht bekommen.«

Josef half ihr, sich auf das trockene Stroh zu setzen, das er zu einer Art Bett aufgeschichtet hatte, und versuchte sie zu beruhigen: »Ich weiß, dass du müde bist, Maria. Ich weiß, dass du all diese Strapazen nicht mehr aushältst. Aber ich bin sicher, dass sich alles zum Guten wendet.«

Doch das war gelogen. Er war überhaupt nicht sicher, dass sich alles zum Guten wenden würde. Er war keineswegs sicher, dass das hier ein guter Platz

war, um ein Kind zur Welt zu bringen. Und schon gar nicht, dass Maria das hier verdient hatte – sie, die doch so zart und sanftmütig war.
Und so wandte er sich, kaum, dass das Kind geboren war, an die ersten beiden Engel, die vom Himmel herabkamen: »Ich bitte euch, ihr Engel, ihr seid so leichtfüßig. Sucht doch bitte in der Umgebung auf den Hügeln und Weiden irgendetwas Schönes, etwas, das Maria Freude macht, und bringt es her.« Zärtlich sah er sie an, sie war eingeschlafen. »Ich möchte, dass ihr Blick, wenn sie wieder aufwacht, auf etwas fällt, woran sie sich freuen kann, etwas Zartes, Leichtes, Frisches. Natürlich hat sie das Kind, aber ich will, dass sie jetzt auch die Dinge der Welt wieder mit Freude sieht.«

Und die Engel, die Josef zugehört hatten, erhoben sich in die Lüfte, machten anderen Engelscharen Platz und schickten sich an, ihren Auftrag zu erfüllen. Sie flogen über die Hügel und die Weiden im Umland, doch sie fanden nichts außer kurzem Gras und dornigen Sträuchern, wie sie nur die Ziegen mit ihren rauen Zungen fressen können. Keine Bäume, keine Blätter, gar nichts. Nur Ödnis, Felsen und Steine und Staub und noch mehr Felsbrocken und Geröll und Sand.
Die beiden Engel landeten auf einem großen flachen Stein, um auszuruhen und nachzudenken.
»Dieses Kind ist wie eine Blume in der Wüste«, lächelte der erste Engel verzückt. »Und seine Mutter verdient alle Blumen der Schöpfung. Doch hier gibt es keine. Und wir würden zu viel Zeit verlieren, wenn wir über das Meer nach Italien flögen, um sie dort zu pflücken, wo es frische, bunte Gärten gibt. Was sollen wir nur tun?«
Der zweite Engel schwieg lange und dachte nach. Dann hatte er eine Idee: »Es stimmt, hier gibt es keine Blumen. Aber wir können welche machen.«
»Und wie?«, fragte ihn der erste Engel mit einem etwas spöttischen Lachen.

»Hier gibt es nur Sand und Steine.«
»Dann nehmen wir eben Sand und Steine. Du weißt doch, wie eine Blume aussieht, oder?«
»Natürlich, ich habe oft genug in den Gärten Girlanden für die Köpfe der Kinder geflochten.«
»Siehst du! Also denk an eine Blume, und du hast eine Blume.«
»Ohne Blütenblätter, ohne Stängel und ohne Wurzeln?«
»Denk daran und glaube. Wenn du nicht an eine Blume glaubst, wer soll dann dir glauben?«
Der erste Engel war zwar wenig überzeugt, fing aber zu denken an. Auch der zweite Engel dachte, er war dabei sehr zuversichtlich. Und ihre Gedanken vermengten die Sandkörner der Wüste mit dem Wasser ihrer Vorstellungskraft und schufen rosafarbene Blütenblätter wie die der Rosen und setzten sie zusammen. Und aus vielen rosafarbenen Blättern wurde eine Rosenblüte und dann ganz viele Rosen: Rosen aus Sand und Stein, die Rosen der Wüste. Sie wuchsen zu ihren Füßen, klein, mittel und groß, schwer und doch leicht. Und die Engel sammelten sie, jeder einen Armvoll, in ihre geschürzten Gewänder, damit ihre Gedankenblumen nicht zu Boden fielen, und dann flogen sie mit den Sandrosen zur Krippe und ließen sie vor Maria auf den Boden kullern. Maria fuhr mit den Fingerspitzen darüber hin, ohne sie zu berühren, weil sie Angst hatte, sie könnten zerbrechen. Sie lächelte.

»Seit diesem Tag sprießen die Sandrosen dort, wo keine andere Blume sich zu wachsen traut«, sagte Balthasar. »Sie sind selten und kostbar«, meinte Kaspar. »Sie trotzen dem Wind und der Sonne«, ergänzte Melchior. »Weil auch in der Wüste Blumen wachsen«, schloss Balthasar.
Und ohne Angst zogen die drei Könige weiter durch Sonne und Wind – denn wenn nicht einmal die Blumen vor alledem Angst haben, warum sollten sich dann drei Könige fürchten.

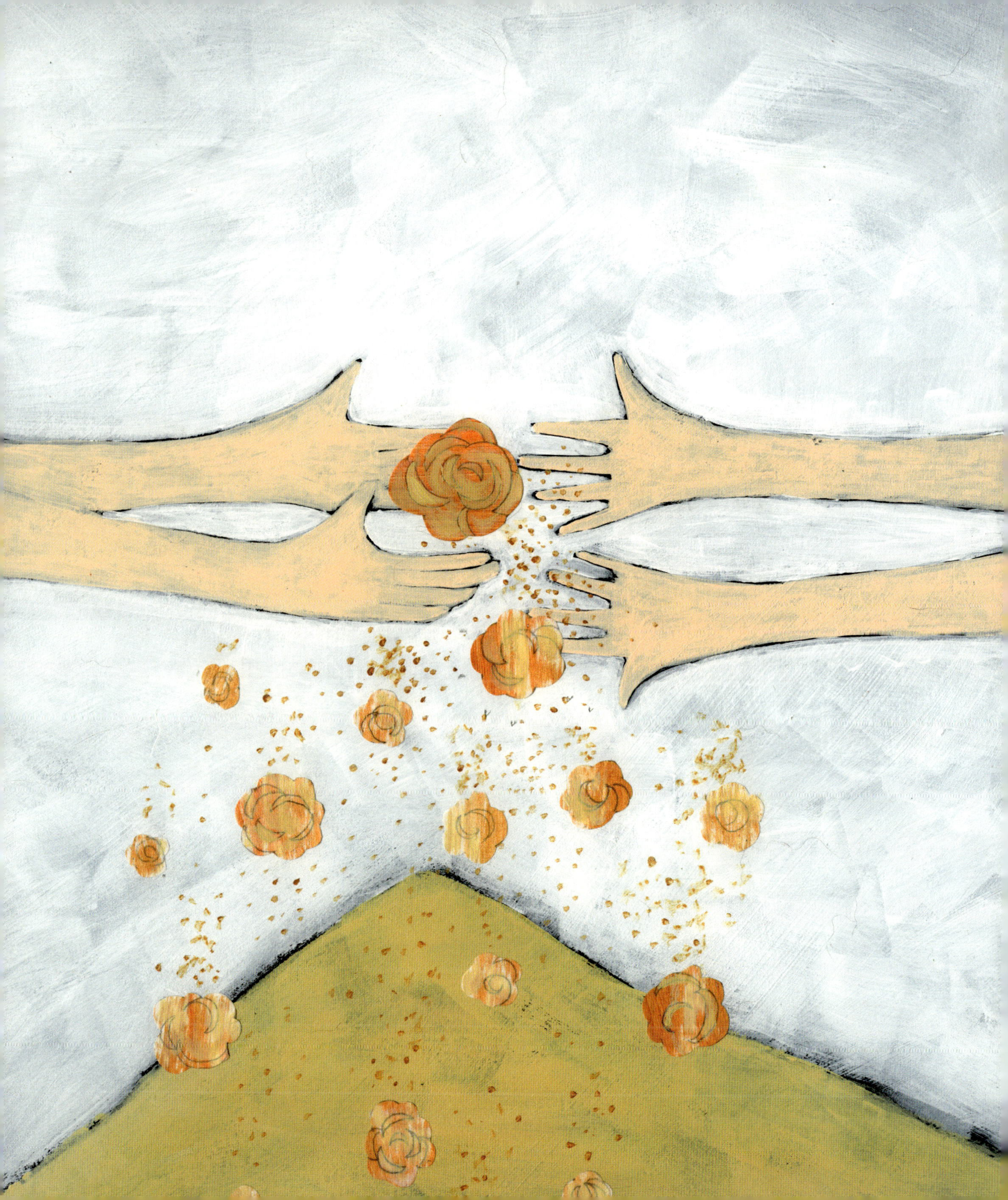

»Was hast du da?«, fragte Balthasar. Die drei Könige saßen am Feuer, es war Abend, die Sonne war noch nicht untergegangen, und Kaspar spielte mit einem merkwürdigen Ding aus vergoldetem Metall. »Das ist eine Erfindung«, antwortete Kaspar. »Sie misst die Zeit. Man nennt so etwas Uhr. Ich habe sie auf dem Markt von Accra gekauft, sie kommt vom anderen Ende der Welt.«

»Und wozu soll das gut sein, die Zeit zu messen?« Melchior blickte skeptisch. »Zeigen uns die Sonne und die Sterne nicht deutlich genug, wie sie vergeht und wie viel davon verstrichen ist?«

»Ja, aber wenn die Sonne nicht scheint oder man die Sterne nicht sieht, was ist dann?«, gab Kaspar zurück. »Unsinn. Das ist bloß ein Spielzeug. Und du bist ein spielendes Kind«, brummte Balthasar. »Und was ist schlimm daran?«, fragte Kaspar. »Jeder braucht eben etwas zum Spielen …«

EIN ETWAS ANDERES GESCHENK

Mit dem Spielzeughändler hatte alles angefangen. Er war ein kleiner, rundlicher Mann ohne Haare, aber mit einem breiten Lächeln, und er kam mit einer großen Tasche auf dem Rücken zur Krippe. Er breitete ein Tuch auf dem Boden aus und legte seine Waren darauf: kleine Vögel aus gebranntem Ton, winzige Wagen mit richtigen Rädern, die sich drehten, Holzpuppen mit Kleidern aus buntgestreiftem Stoff. An der Krippe waren auch etliche Kinder, und schon bald war der Händler von einer kleinen Schar umringt. Die Kinder fassten die Sachen an, probierten sie aus und lachten; dann liefen sie zu ihren Mamas und Papas und bettelten, dass sie ihnen dieses oder jenes Spielzeug doch bitte, bitte kaufen sollten. Es gab ein paar Tränen, ein bisschen Geschrei und so manche Quengelei.

Viele Eltern hatten kein Geld, aber alle hatten etwas, das sie eintauschen konnten, und der Mann war gerne bereit, sich das Spielzeug für diese Kinder, die sich schlagartig in kleine Nervensägen verwandelt hatten, mit Käse, Wollknäueln, getrocknetem Fisch und Obst bezahlen zu lassen.
Als dann die drei Könige wie üblich kurz vor dem 24. Dezember eintrafen und in gebührender Entfernung von der Krippe anhielten, um den 6. Januar abzuwarten und ihre Geschenke zu überreichen, kam ein schwatzhafter Engel und erzählte ihnen von den Spielsachen und wie die Kinder sich darum gerissen hatten.
»Natürlich«, kam es Balthasar, »Gold, Weihrauch und Myrrhe sind vielleicht nicht das Richtige für ein Kind.«
»Ja, aber er ist DAS Kind«, rief Kaspar.
»Ja, aber trotzdem ein Kind ... ich meine, ein Kind wie alle anderen«, warf Melchior ein.
»Und ich meine«, erwiderte Balthasar, »dass unsere Geschenke kostbar und sehr symbolträchtig sind: Gold für den König, Weihrauch für den Gott und Myrrhe als Zeichen der Unsterblichkeit. Aber vielleicht hat er doch lieber Spielsachen, weil er eben ein Kind ist.«

»Du willst ihm doch nicht etwa einen Holzwagen oder einen Tonvogel kaufen?«, fragte ihn Kaspar ungläubig. »Das ist wertloser Kram, diese Sachen gehen doch sofort kaputt ...«
»Nein, natürlich nicht«, antwortete Balthasar. »Ein Spielzeug für ihn, das muss schon etwas ganz Besonderes sein. Das müssen wir selbst bauen.«
Und so machten sich die drei Könige an die Arbeit. Sie fertigten Pläne und Zeichnungen an, Kaspar besorgte die nötigen Materialien. Und dann schnitten sie und nähten, klebten und verzapften. Und am Morgen des 6. Januar war ihr Geschenk fertig: das Modell eines Vogels – eine winzige Flugmaschine aus Stoff und Faden und kostbarem Holz und echten bunten Federn, bereit, über den Himmel zu schweben. Der Spielzeugvogel war startklar.

Also kletterte Kaspar auf eine Palme, um ihn fliegen zu lassen: Er sollte sanft zu Füßen des Kindes landen und ihm Freude bereiten. Doch statt elegant durch die Luft zu gleiten, fiel der Modellvogel wie ein Stein zu Boden und zerschellte an einem Felsen. Die drei Könige waren untröstlich. Die ganze Arbeit war umsonst gewesen ... und das Kind würde sich wieder mit den üblichen langweiligen Geschenken begnügen müssen. Da lief Kaspar, ohne den Freunden etwas davon zu sagen, dem Spielzeughändler hinterher, der bereits den Heimweg angetreten hatte. »Hast du nichts übrig, wirklich gar nichts?«, fragte er ihn.

»Nein, tut mir leid, ich habe alles verkauft«, der Händler breitete die Arme aus.

Kaspar machte traurig kehrt, doch dann rief ihn der Händler zurück: »Warte, hier ist noch etwas ...«

Und er förderte aus den Tiefen seiner Tasche ein Vögelchen zutage, das niemand hatte haben wollen, weil es misslungen war: Das Köpfchen saß verdreht auf einem plumpen Körper, und die Federn hatte man ihm einfach mit einem Stöckchen in den noch feuchten Ton gekerbt.

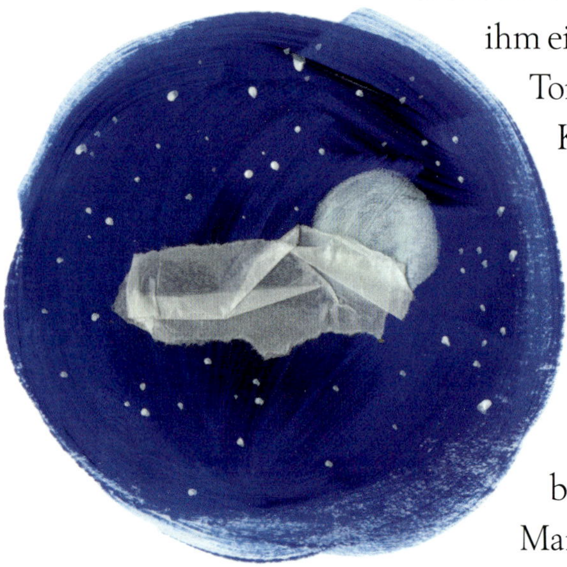

Kaspar gab dem Händler eine Goldmünze und bedankte sich mit einer Verbeugung. Dann lief er schnell zu den beiden anderen Königen zurück, und alle drei gingen gemeinsam zum Kind. »Diesmal haben wir dir etwas anderes mitgebracht ...«, sagten sie zu ihm und neigten die Köpfe. »Wir dachten, das würde dir vielleicht besser gefallen ...«

Maria nahm das Vögelchen in ihre Hände und streichelte es, als ob es lebendig wäre. »Danke, liebe Könige«, sagte sie dann. »Danke, dass ihr euch daran erinnert habt, dass dieses Kind ein Kind ist.«

Da regte sich das Tonvögelchen in Marias Händen, schlug mit den Flügeln, flatterte auf und setzte sich auf das Stroh in der Krippe gleich neben das Kind, das versuchte, es mit seinen Händen zu packen. Und dieses Spiel spielten sie viele, viele Male.

»Kind oder nicht Kind, das ist hier die Frage«, sagte Melchior mit theatralischer Stimme. Dann wandte er sich an Kaspar: »Übrigens, kannst du mir sagen, wie spät es ist?«

»Drei Uhr und fünfzehn Minuten«, antwortete dieser. Das stimmte genau, aber weil sie es nicht besser wussten und niemand sonst eine Uhr hatte, brachen Melchior und Balthasar in Gelächter aus. Daraufhin war Kaspar beleidigt und hielt für den Rest des Tages zu den anderen ein bisschen Abstand.

»Schaut nur, was für ein merkwürdiges Sternbild«, rief Kaspar. »Sieht aus wie galoppierende Pferde.«
»Klar, Pferde mit Geweihen«, korrigierte ihn Melchior. »Siehst du nicht, dass das Rentiere sind?«
»Rentiere?«, mischte sich Balthasar ein. »Seit wann gibt es Sterne, die wie Rentiere aussehen? Das wird doch wohl nicht wieder die Konkurrenz sein?«

DER WEIHNACHTSMANN AN DER KRIPPE

Er kam gerade rechtzeitig, am Abend des 24. Dezember, in einem von sechs Rentieren gezogenen Schlitten. Er fuhr wie ein Blitz über den Himmel, während der Kometenstern den Stall beschien, parkte seinen Schlitten im Sand unterhalb des Hügels und legte das letzte Stückchen zu Fuß zurück. Dabei schnaufte er ein bisschen, denn er hatte einen dicken Bauch.
Mit seinem rotweißen Gewand, dem langen Bart und den polierten schwarzen Stiefeln machte er großen Eindruck auf die Krippengesellschaft, denn das waren alles einfache Leute. Sie hatten gar nicht daran gedacht, sich ein Festgewand anzuziehen, weil sie nämlich gar keins hatten.
»Gehört der zu den drei Königen?«, wisperten die Hirten einander zu.
»Nein, die sind doch immer zu dritt. Und außerdem wäre er dann zu früh«, sagte die Müllerin sehr bestimmt. »Und aus dem Morgenland kommt er auch nicht: Seht euch nur diese helle Haut an, das ist keiner, der durch die Wüste zieht.«
Tatsächlich war der Unbekannte sehr hellhäutig und hatte rosige Wangen. Und blaue Augen, wie man sie hierzulande nicht kannte. Als er beim Stall angekom-

men war, machte er eine große Verbeugung und stellte sich vor. »Ich bin der Weihnachtsmann«, verkündete er mit lauter Stimme und fremdartigem Akzent. »Ich komme aus dem Norden und bringe den Kindern Geschenke. Also habe ich dir auch etwas mitgebracht, kleiner Mann!«

Und auf sein Fingerschnipsen hin erhob sich das Rentiergespann leicht wie eine Feder in die Luft und blieb genau über dem Stall stehen, womit es dem Kometen ein ganz klein wenig die Show stahl. Der Weihnachtsmann sprang in die Höhe – für einen so dicken Mann war er sehr beweglich – und schnappte sich einen Sack, der aus einem ähnlich glänzend roten Stoff bestand wie sein Gewand: »Hier, das sind die Spielsachen, die den Kindern im Norden gefallen. Die allerneuesten Modelle!« Er knotete die Kordel auf, mit der der Sack zugebunden war, und begann die Geschenke herauszunehmen. Sie schienen alle gleich zu sein, nur ihre Größe war unterschiedlich. Ein großer Haufen Schachteln, die in buntes Papier eingeschlagen und mit Schleifen zugebunden waren.

»Schön«, brummte der Esel. »Aber ... wozu braucht man so etwas?«

»Vielleicht kann man Sachen hineinlegen wie in einen kleinen Koffer«, überlegte der Ochse.

Da lachte der Weihnachtsmann laut: »Ho ho ho! Aber nein, das sind doch nur die Schachteln! Also die Hülle, versteht ihr? Man muss sie aufmachen, auspacken!« Und dann zeigte er Josef und Maria, die die Szene mit großen Augen verfolgten, wie man ein Geschenk auspackt.

Man zieht an der Schleife, hebt eine Ecke an, wickelt das Papier auseinander – und schon bald waren alle Geschenke aus ihren Hüllen befreit. Nun lagen da eine elektrische Eisenbahn, ein ferngesteuertes Flugzeug mit Batterien, eine extrem dünne Puppe mit langen blonden Haaren und einem Mikrofon, das wirklich singen konnte (die Puppe, nicht das Mikrofon), ein wieder aufladbares Walkie-Talkie, um Geheimagent zu spielen ... Verwundert schaute die kleine Gesellschaft an der Krippe auf diese merkwürdigen Spielsachen. Am meisten staunten die Kinder, denn sie hatten überhaupt keine Ahnung, wie man mit so etwas spielen sollte. Rasch baute der Weihnachtsmann die

elektrische Eisenbahn auf, stellte die Lokomotive und die Waggons an ihren Platz, schwang das Kabel, sah sich um und fragte: »Gibt es hier irgendwo eine Steckdose?«

Natürlich nicht. An der Krippe gab es keine Steckdose, es gab ja auch gar kein Licht außer dem des Kometen, des Mondes und der Sterne. Schon bald begriff der Weihnachtsmann, dass man an diesem Ort keines seiner Geschenke benutzen konnte: Selbst die Batterien mussten zuerst einmal aufgeladen werden, und das ging ebenfalls nur an der Steckdose und mit Strom.

Er stemmte die Hände in die Hüften: »Ein bisschen rückständig seid ihr. Ja, ein bisschen rückständig. Nun gut, ich habe getan, was ich konnte, aber es ist klar, dass meine Geschenke nicht hierbleiben können. Ich würde sagen, ich komme in ein paar Jahrhunderten nochmal vorbei.« Er suchte alle seine Geschenke zusammen, nahm sich gar nicht die Zeit, sie wieder zu verpacken, sprang mit einem Satz auf den Schlitten, der auf halber Höhe in der Luft schwebte, winkte allen noch einmal zu und brauste davon.

Verwundert, aber auch ein wenig erleichtert sahen sich alle an. »Was für ein seltsamer Kauz«, bemerkte einer der Hirten.

»Ein bisschen verrückt, würde ich sagen«, ergänzte die Gänsehirtin.

Die Kinder von der Krippe stürzten sich indes auf das bunte Papier, die Bänder und die Schleifen und spielten die ganze Weihnachtszeit hindurch damit. Sie bastelten kleine Hüte, Schiffchen und andere, einfache und schöne Dinge.

»Das hier war nicht seine Welt«, schloss Balthasar, nachdem er die Geschichte zu Ende erzählt hatte. »Aber viele Kinder auf der ganzen Welt warten jedes Jahr sehnsüchtig auf ihn«, erwiderte Kaspar. »Mir war er sympathisch«, gab Melchior zu. »Ich möchte nur wissen, wie man mit solchen Sachen spielt ...«

»Schreib ihm doch einen Brief!« Kaspar grinste. »Vielleicht bringt er dir ja etwas.«

»Heute Abend brauche ich ein bisschen Ablenkung«, verkündete Balthasar. »Ich möchte Musik hören. Könnt ihr für mich spielen und singen?«

»Natürlich.« Kaspar nahm sein Tamburin aus dem Rucksack. »Ich werde spielen.«

»Und ich werde singen«, sagte Melchior. »Willst du ein langes oder ein kurzes Lied?«

»Ein langes, ein langes«, bat Balthasar. »Weich wie der Wüstenwind und zart wie die Palmen, wenn er durch sie hindurchfährt. Ein Lied über uns.«

Und die beiden jungen Könige taten dem alten König diesen Gefallen, denn das gehört sich so.

DAS LIED VON DEN REISENDEN KÖNIGEN

Es waren drei Könige, mächtig und reich,
die trieben Magie und Sterndeuterei.
Der erste, Balthasar, war schon sehr alt,
und war mit Abstand der Klügste der drei.
Der zweite, Kaspar, war dunkel und groß,
der dritte, Melchior, rundlich und klein –
doch keiner wusste vom andern,
doch keiner wusste vom andern.

Sie alle erforschten das All und die Sterne,
jonglierten mit Zahlen, waren sehr weise.
Ein jeder saß zaubernd in seinem Palast,
doch keiner von ihnen ging je auf die Reise.
Da kam eines Tages ein Engel und sprach
(er hob den Finger und zeigte zum Himmel):
»Jetzt geht und folgt dem Kometen,
jetzt geht und folgt dem Kometen.«

»Der König der Könige wird bald geboren
in Palästina, bei Hirten und Herden.
Bringt Gold, Weihrauch und Myrrhe,
diese Geschenke sollen Gaben ihm werden.
Der König wird klein und zerbrechlich sein,
ganz hilflos und schwach wie nur irgendein Kind.
Trotzdem sollt ihr zu ihm beten,
trotzdem sollt ihr zu ihm beten.«

Da verließen die Könige ihre Paläste,
brachen rasch auf und ritten geschwind
und trafen einander, genau wie bestimmt,
in der Wüste – in Sand, Staub und Wind.
Von nun an reisten sie Seite an Seite
auf heimlichem Weg und geheimer Mission,
das war ein seltsames Suchen,
das war ein seltsames Suchen.

So kamen sie bald nach Jerusalem,
so schön, wie nur wenige Städte es sind,
am Himmel darüber stand strahlend der Stern
verkündete ihnen: Ganz nah ist das Kind!
Da sprachen sie: »Lasst uns Herodes besuchen,
vielleicht ist das Kind, das wir suchen, sein Sohn.«
Das war ein furchtbarer Irrtum,
das war ein furchtbarer Irrtum.

Herodes war tückisch, tyrannisch und grausam,
er wollte nicht teilen und gierte nach Macht.
Als er hörte, ein König sei geboren,
da schrie er und tobte: »Oh, nimm dich in Acht!
Dass du mir den Thron raubst, erlaube ich nicht.
Ich werd' dich zerquetschen, du elender Wicht!«
Doch dann tat er plötzlich ganz freundlich,
doch dann tat er plötzlich ganz freundlich.

»Ihr Herren, geht nur rasch nach Betlehem,
und wenn ihr am Ziel eurer Suche seid,
dann lasst es mich wissen, dann komme auch ich,
das Kind anzubeten, es ist ja nicht weit.«
Da machten die drei sich erneut auf den Weg
und ließen sich leiten und folgten dem Stern
und fanden ein Feld und die Krippe im Stall
und das Kind, das geboren war, König zu sein.
Da knieten die Könige nieder,
da knieten die Könige nieder.

Als es Zeit war, wieder nach Hause zu reisen,
gab ihnen ein Engel den folgenden Rat:
»Geht nicht zu Herodes«, so sprach er zu ihnen,
»der plant eine böse und grausame Tat.
Sagt nichts von dem Kind, das ist ein Geheimnis,
er darf es nicht finden, verratet ihm nichts!«
Da hörten die drei auf den Engel,
da hörten die drei auf den Engel.

Ihr glaubt, die Geschichte ist jetzt zu Ende?
Da irrt ihr euch, denn sie geschieht jedes Jahr.
Sobald der Stern am Himmel erscheint,
ruft jeder der Könige: »Wunderbar!«
Dann geh'n sie zu dritt wieder neu auf die Reise
und finden ein Kind, das Zuneigung braucht.
Und schenken ihm gleich ihre Liebe,
und schenken ihm gleich ihre Liebe.

»Sie ist immer wieder schön, unsere Geschichte«, seufzte Balthasar. »Aber auf Herodes wären wir beim ersten Mal beinahe hereingefallen«, erinnerte sich Kaspar. »Es wäre furchtbar gewesen, wenn wir ihm verraten hätten, wo das Kind war.« Melchior schauderte bei dem Gedanken.

»Zum Glück gibt es Engel«, sagte Balthasar.

»Ach ja, die Engel«, sagte Melchior. »Merkwürdige Geschöpfe. Man sollte doch denken, sie wären glücklich – mit ihren Flügeln, ihrer Leichtigkeit, und weil sie immer im Himmel sein dürfen ...« »Du hast es ja gerade selbst gesagt«, bemerkte Balthasar. »Sie sind Geschöpfe. Und deshalb sind sie ruhelos wie wir alle. Sie haben ihre Wünsche. Sie wollen bestimmte Dinge haben.« »Wie dieser Kleine damals ... was für einer war das noch? Ein Cherubim? Oder ein Seraphim?«, versuchte sich Kaspar zu erinnern. »Der, der seine Federn verloren hat, weil er das Kind sehen wollte?«, fragte Melchior. »Ja, das war eine schöne Geschichte ...«

DER GEFALLENE ENGEL

Auch Engel fallen manchmal vom Himmel. Sie stürzen ab und landen auf der Erde. Sobald sie diese mit den Zehenspitzen berühren, sind sie keine Engel mehr, sondern irdische Geschöpfe wie wir alle. Dann müssen sie dem Fliegen und dem Himmel Lebewohl sagen. Und wenn sie fallen, gibt es dafür immer einen Grund. Es ist nicht der Wind oder der Sturm, der sie vom Himmel holt, es sind ihre Wünsche.

Einmal fiel ein winzig kleiner Cherubim namens Izael vom Himmel, weil er das Kind sehen wollte. Früher oder später haben alle Engel Dienst an der Krippe: die einen dieses Jahr, die anderen nächstes Jahr und so weiter. Doch Izael war ungeduldig: Seine Kollegen hatten ihm derartige Wunderdinge von der Krippe und dem kleinen König erzählt, dass er nicht warten wollte, bis er an die Reihe kam. Und so hüpfte er auf eine tiefhängende Wolke, die genau in die richtige Richtung segelte, und war fest entschlossen, wenigstens einen kurzen Blick zu riskieren.

Doch leider war es eine Regenwolke. Und als sie in Palästina ankam, traf sie auf andere Regenwolken, und gemeinsam ballten sie sich zu einem tüchtigen Gewitter zusammen. Da stürzte Izael hinab. Das alles geschah so schnell, dass er nicht einmal mehr die Flügel ausbreiten konnte, um sich in der Luft zu halten. So fand er sich in einem schlammigen Tümpel wieder. Und sobald er den Boden berührte, verschwanden seine Flügel. Wie er so dasaß, ohne Flügel und in einem Gewand, das nicht mehr weiß, sondern vom Schlamm ganz braun geworden war, hätte man Izael für irgendein beliebiges Kind halten können. Da beschloss er, das Beste aus seiner Lage zu machen: »Wenn ich schon mal auf der Erde gelandet bin«, überlegte er, »kann ich auch das Kind besuchen. Ich muss eben zu Fuß gehen, statt zu fliegen.«

Er traf auf eine Kamelkarawane, die in Richtung Jerusalem durch die Wüste zog. Von dort war es nicht mehr weit bis nach Betlehem, das wusste er. Und außerdem war der Kometenstern besser als jeder Wegweiser. Also bot er dem Karawanenführer seine Dienste als Küchenjunge und Stallbursche an und wurde gerne genommen.

Während der Reise erkrankte die Tochter des Karawanenführers, ein zartes Mädchen namens Aischa, am Wüstenfieber. Sie konnte nicht mehr wie die anderen Kinder und die Frauen auf dem Rücken eines Kamels reiten, sondern musste in einer Sänfte liegen, die von vier Dienern getragen wurde. Izael bekam den Auftrag, sich um sie zu kümmern. Er reiste mit ihr in der Sänfte, gab ihr zu trinken, legte ihr feuchte Umschläge auf die Stirn, um sie zu kühlen, erzählte ihr Geschichten und sang ihr Lieder vor, um sie abzulenken und in den Schlaf zu wiegen.

Als die Karawane Jerusalem erreichte und ihre Zelte aufschlug, war es für ihn an der Zeit, ab nun dem Stern zu folgen. Doch Izael brachte es einfach nicht über sich, Aischa im Stich zu lassen. Also blieb er bei ihr und hoffte, dass sie rasch gesund würde, damit er noch rechtzeitig zur Krippe kam.

Doch Aischa wurde nicht gesund. Sie wurde immer blasser und schwächer. Das Fieber verbrannte sie. Und je schlechter es ihr ging, desto weniger traute sich Izael, sie zu verlassen. Wenn sie nach langer, liebevoller Pflege und vielen Liedern endlich eingeschlafen war, schlüpfte er aus dem Zelt und blickte seufzend zum nahen Kometen empor. Dann stellte er sich die Krippenland-

schaft vor, wie die anderen Engel sie ihm beschrieben hatten. Aber er konnte nicht weggehen, er konnte es einfach nicht.

Nach 20 Tagen erwachte Aischa endlich eines Morgens ohne Fieber. Sie war blass und dünn, aber ihre Augen waren klar, und sie lächelte. Izael rannte zum Karawanenführer. Der sah zuerst seine Tochter und dann den kleinen Diener an, der sie gesundgepflegt hatte, und sagte zu ihm: »Du hast mein Kind wieder gesundgemacht. Bitte mich, worum du willst.«

Und Izael bat um einen Araberhengst, den schnellsten, den es gab, um zur Krippe zu reisen, und er bekam ihn und ritt rasch wie der Blitz nach Betlehem. Doch als er dort ankam, war niemand mehr da.

»Ich bin zu spät gekommen.« Er war verzweifelt, setzte sich auf einen Stein und begann zu weinen.

»Nein, du bist nicht zu spät.« Izael hob den Kopf, um zu sehen, von wem diese tiefe Stimme stammte. Und er sah Gabriel, einen der Erzengel. »Weil du dich so geduldig um Aischa gekümmert und auf deinen Wunsch verzichtet hast, um bei ihr zu bleiben, gebe ich dir deine Flügel zurück. Im nächsten Jahr wirst du ein Krippenengel sein.«

Izael blickte über seine Schulter und sah, dass er wieder Flügel hatte, frisch und weiß – wie neu. Er dankte Gabriel mit einer Verbeugung und flog rasch davon, denn er wollte Aischa noch ein letztes Mal sehen, ehe er in den Himmel zurückkehrte und wartete, bis ein Jahr vergangen war.

»Ein lieber Kerl, der kleine Izael«, erinnerte sich Kaspar. »Hat ihn von euch jemand in letzter Zeit gesehen?« »Letztes Jahr war er da«, sagte Balthasar. »Er war der kleine Engel, der dem Kind mit seinen Flügeln Luft zugefächelt hat. Letztes Jahr war es ja so heiß.« »Ja, ganz ungewöhnlich heiß«, nickte Melchior. »Und Izael sah wirklich zufrieden aus. Vielleicht hat er jetzt keine Wünsche mehr.« »Wir alle haben immer irgendwelche Wünsche«, meinte Balthasar. »Aber man kann sich nicht immer nach ihnen richten ...«

»Apropos Wünsche ...«, begann Melchior. Es war Nachmittag, und sie ritten langsam und nahe beieinander. Es war nicht windig, und so konnten sie sich auch während des Reitens unterhalten. »Wisst ihr noch, wie sogar Josef mal einen Wunsch hatte?« »Aber ja«, rief Balthasar. »Und er ist ein so bescheidener Mann – den konnte man ihm einfach nicht abschlagen!« »Nur schade, dass das Ganze dann an uns hängengeblieben ist«, sagte Kaspar. »Schade? Wieso schade? Wir hatten doch einen Mordsspaß dabei ...«

EIN REGENBOGEN ÜBER DEM STALL

Josef war dieses Jahr ungewöhnlich unruhig. Der Stall war wie immer, die Umgebung war wie immer, und dieses eine Mal hätte er Maria gerne überrascht, ihr irgendetwas Neues geboten. Etwas Neues, aber was? Josef war ein einfacher Mann und hatte nicht viel Fantasie. Er musste sich ganz schön anstrengen, damit ihm etwas Originelles einfiel. Während sie in Richtung Jerusalem zur Volkszählung reisten, sah er sich um und betrachtete die Landschaft. Und dann war die Idee plötzlich da, eines Abends nach einem Gewitter stand sie ihm buchstäblich vor Augen: ein Regenbogen! Das wäre schön, wenn sich im richtigen Augenblick über dem Stall ein Regenbogen spannte ...

Josef sprach mit jenem Engel darüber, der ihm normalerweise die Botschaften überbrachte (geht zur Volkszählung, flieht nach Ägypten und dergleichen). Er war das mächtigste Wesen, das er kannte, und es kam ihm ganz natürlich vor, sich an ihn zu wenden. Der Engel hörte zu, kratzte sich am Kopf, raufte sich die blonden Locken und meinte schließlich: »Das ist eine Angelegenheit für die drei Könige.«

Also erhob er sich in die Luft und flog ihnen entgegen. Die drei Weisen waren noch mitten in der Wüste und näherten sich in aller Ruhe ihrem Ziel. Doch nachdem sie dem Engel zugehört hatten, waren sie nicht mehr ganz so ruhig.

»Ein Regenbogen über dem Stall?«, rief Kaspar. »Als ob das so einfach wäre!«

»Ganz abgesehen davon, dass man ihn nachts gar nicht sieht«, gab Melchior zu bedenken.

»Und wie sollen wir ihn transportieren?«, fragte Balthasar.

»Ich habe keine Ahnung«, sagte der Engel. »Ich habe zu tun, entschuldigt mich, auf Wiedersehen.« Erleichtert, die Sache jemand anderem aufgehalst zu haben, wollte er sich auf und davon machen.

»Nein, nein, hiergeblieben«, rief ihn Balthasar zurück. »Wir werden einen Weg finden, aber wir brauchen dich dazu.«

Und er erklärte den beiden anderen Königen und dem Engel, der nun doch nicht aus der Sache herauskam, seine Idee.

Nach einigen Diskussionen war der Plan fertig. Balthasar schrieb einen langen Brief in einer Sprache, die die beiden anderen nicht kannten. Dann reichte er ihn dem Engel, der ihn überbringen sollte. »Beeil dich«, ermahnte er ihn. »Wir haben nicht mehr viel Zeit.«

Am Abend des 22. Dezember, früher als sonst, erreichten die drei Könige die Umgebung der Krippe. Sie versteckten sich und warteten darauf, dass der Engel von seiner Mission zurückkehrte. Schließlich glitt er heran und hielt einen sehr kleinen Mann mit gelblicher Haut, glatten Haaren und schrägen Augen in den Armen. Dieser trug eine Art roten Bademantel und weite Hosen und umklammerte einen Koffer. »Chin Lin, immel zu eulen Diensten«, stellte er sich vor. »Da bin ich.«

Er öffnete seinen Koffer und zeigte ihnen den Inhalt.

»Sehr gut.« Balthasar war erfreut. »Bist du dir auch sicher wegen der Farben?«

»Abel natüllich«, sagte Chin Lin bestimmt. »Ich bin ein Expelte und ille mich nie.«

»Hoffen wir's«, murmelte Kaspar. Er blieb ein bisschen skeptisch.

»Ich mache mich sofolt an die Albeit.« Chin Li begann, geschäftig um die Krippe herumzuwuseln, und förderte aus dem Koffer, den der Engel ihm überallhin nachtrug, seltsame zylinderförmige Gegenstände zutage, an deren Enden Schnüre befestigt waren.

Am Abend des 24. Dezember flogen sieben Engel, denen Chin Lin zuvor genaue Anweisungen gegeben hatte, mit brennenden Fackeln zu diesen sieben verschiedenen Zylindern rund um den Stall und zündeten deren Schnüre an. Gleichzeitig beugte sich Josef im Stall zum Kind hinab und machte sich an seinen Ohren zu schaffen.

»Was tust du da?«, fragte Maria erstaunt.

»Nichts«, antwortete Josef, »ich erkläre es dir später.«

Nach wenigen Augenblicken unterbrach eine Reihe von Explosionen die Stille, und am Himmel über dem Stall erschienen sieben Bögen in den sieben Farben des Regenbogens: Sie funkelten und waren aus Feuerpulver gemacht, und sie strahlten und leuchteten einfach zauberhaft.

Maria trat an Josefs Arm aus dem Stall heraus und sah sich das Spektakel an. »Das ist wunderschön«, flüsterte sie.
»Es heißt Feuerwerk. Das war meine Idee«, erklärte Josef. Er sah ihr strahlendes Lächeln im Widerschein der explodierenden Feuerwerkskörper und war von ganzem Herzen froh.
Als das Spektakel vorbei war – es dauerte nämlich nur kurz –, ging Josef wieder zu dem Kind, beugte sich hinab und machte sich erneut an seinen Ohren zu schaffen. »Ohrstöpsel.« Er zeigte Maria zwei rosa Kügelchen. »Kleine Kinder mögen keinen Lärm.«

»Das ist schon einer, der Josef.« Kaspar musste lächeln. »Ja, er hält sich immer im Hintergrund«, sagte Balthasar.
»Er ist so gestrickt«, erklärte Melchior. »Nicht alle wollen immer die Hauptperson sein. Es gibt auch solche, die lieber im Schatten bleiben und zusehen.«

»Die Sache mit dem Regenbogen war nicht das einzige Mal, wo wir uns wirklich anstrengen mussten ...«, erinnerte sich Kaspar. »Ja«, fiel ihm Melchior ins Wort. »Wenn ich zum Beispiel an das Erdbeben denke ...«

DER WEG IST VERSPERRT

Eines Jahres in der Vorweihnachtszeit, als die drei Könige schon ungefähr drei Viertel ihres Weges zurückgelegt hatten, wurden sie von einem Erdbeben aufgehalten. Sie übernachteten in einer Oase und wurden schlagartig geweckt: Der Boden, auf dem sie lagen, bewegte sich, der Sand rutschte von den Dünen, die Erde tat sich auf, und dort, wo sich noch eben im Mondlicht eine flache Wüstenlandschaft ausgebreitet hatte, türmten sich nun merkwürdige, massige, mächtige und sehr hohe Silhouetten in den Himmel auf. Die Erde bebte bis zum Morgengrauen. Erst im Licht der aufgehenden Sonne sahen die drei Könige, was geschehen war: Aus dem Erdinneren waren neue Berge aufgestiegen, die nun ringsum emporragten und die Oase mit ihrem Schatten verdunkelten. Nicht einmal der Stern von Bethlehem war noch zu sehen. Die Berge waren so hoch, dass man sie unmöglich besteigen konnte, um zwischen den Gipfeln nach einem Passweg zu suchen. Die Kamele hätten sich ohnehin geweigert, und die drei Könige waren nicht mehr die Jüngsten und auch keine Bergsteiger ....

»Wir werden zu spät kommen«, meinte Melchior besorgt. »Wenn wir überhaupt ankommen«, fügte Kaspar hinzu. »Ach, hätten wir doch noch den fliegenden Teppich, den der Sultan von Massaua uns geschenkt hat ...«, seufzte Kaspar.

»Wieso, was ist damit passiert? Du hattest ihn doch deinem Kamel auf den Rücken gebunden ...« Melchior blickte ihn erstaunt an.

»Ich habe ihn vor zwei Tagen an die Beduinenkarawane verschenkt, der wir begegnet sind. Sie haben ihre Familien seit zwei Jahren nicht gesehen, und ich dachte, er könnte ihnen nützlich sein ...«, erklärte Kaspar. »Und was ist mit den Brieftauben der Königin von Saba?«

»Ich habe sie frei gelassen. Sie taten mir leid, weil sie immer Briefträger spielen mussten ...«, erklärte Melchior achselzuckend. »Wenn wenigstens ein Engel vorbeikäme«, seufzte Kaspar. »Dann könnten wir ihn bitten, uns über die Berge zu tragen.« »Die sind zu dieser Jahreszeit immer sehr beschäftigt«, entgegnete Melchior. »Ich glaube kaum, dass sich einer hierher verirrt.«

Balthasar hatte sich an der Diskussion nicht beteiligt. Die Lage war ernst. Als er die Blicke seiner Gefährten spürte, sagte er: »Ja, ist schon gut, ich weiß, woran ihr denkt. Aber dafür bin ich zu alt ...« »Damals ist es dir doch sehr gut gelungen«, sagte Melchior. »So wird es zumindest erzählt. Aber vielleicht ist die Legende ja auch gar nicht wahr?« Kaspar wusste, womit er Balthasar überreden konnte, es doch zu versuchen. Balthasar soll nämlich als junger Mann so stark gewesen sein, dass er ganze Berge versetzen konnte. So heißt es zumindest ...

»Sie ist wahr«, sagte Balthasar gekränkt. »Absolut wahr. Und ich werde es euch beweisen!«

Die Legende, auf die Kaspar anspielte, erzählte, dass Balthasar als junger Mann so stark gewesen war, dass er Berge versetzen konnte. Jetzt allerdings war er alt, älter als die beiden anderen ...

»Lass es bleiben, sonst tust du dir noch weh.« Melchior war plötzlich besorgt. »Und wenn dir etwas passiert?«

Doch Balthasar hatte schon einen Plan: »Früher habe ich die Berge mit meiner Körperkraft versetzt. Jetzt brauche ich eine andere Kraft. Tretet zur Seite und lasst mich arbeiten.«

Und der alte Dreikönig konzentrierte sich, und dann hielt er eine lange, lange Rede in einer Sprache, die die anderen noch nie gehört hatten. Danach war es kurz still, bis sich plötzlich in den Bergen, die vor ihnen aufragten, ein Spalt bildete, breiter und breiter wurde und schließlich einen Durchgang durch die Felsmassen bildete, der breit genug war, dass die drei Könige und ihre Kamele bequem hindurchpassten.

»Los, worauf wartet ihr? Gehen wir!«, forderte Balthasar seine Gefährten auf. Also zogen sie rasch durch den Spalt und gelangten so auf die andere Seite des Gebirges. Und sobald sie dort angekommen waren und wieder in der Wüste standen, schloss sich der Berg und es war, als hätte es den Durchgang nie gegeben. Die drei Könige setzten ihren Weg fort.
»Wie hast du das gemacht?«, fragte Kaspar Balthasar nach einer Weile, als alles wieder normal zu sein schien. »War das Zauberei?«
Balthasar schüttelte den Kopf: »Wir sind zwar Magier, aber wir dürfen nicht zaubern. Das gilt auch für mich. Das überlassen wir anderen. Ich habe nur den Berg davon überzeugt, uns durchzulassen.«
»Ich wusste nicht, dass du auch ›Bergisch‹ sprichst«, sagte Melchior. »Aber du bist immer für eine Überraschung gut. Was hast du ihm denn gesagt?«
»Ach, nichts Besonderes«, antwortete Balthasar. »Ich habe nur gesagt, was alle wissen: dass eine Maus einen Berg mit ihren Gängen so unterhöhlen kann, dass er einstürzt. Und dass ich mich in eine Maus verwandeln würde, wenn er uns nicht sofort durchlässt ...«
»Aber das war gelogen.« Melchior blickte ihn erstaunt an. »Du hast doch gerade gesagt, dass wir nicht zaubern dürfen.« »Ja klar«, Balthasar lächelte verschmitzt. »Aber das konnte der Berg ja nicht wissen.«

»Ganz schön schlau«, sagte Kaspar anerkennend. »Du bist wirklich ein komischer alter Kauz. Du überraschst uns immer wieder.« »Manchmal überrasche ich mich sogar selbst«, schmunzelte Balthasar. »Apropos Überraschungen: Die Wüste ist sehr grün dieses Jahr.« Er sah sich um. Und um die Wahrheit zu sagen – die Wüste sah überhaupt nicht aus wie eine Wüste: Die Dünen waren von grünen Wiesen überzogen, auf denen Bäume wuchsen, und überall blühten Blumen. »Wir sind doch auch bestimmt auf dem richtigen Weg, oder?«
»Natürlich«, versicherte Melchior. »Da ist der Stern.« »Der wird immer blasser«, bemerkte Balthasar. »Der braucht wohl einmal eine Pause ...«

»Was für ein Anblick, dieser Sonnenuntergang«, schwärmte Kaspar und betrachtete die gestreifte Farbenpracht am Himmel. »Oh ja, kein Sonnenuntergang ist wie der andere«, stimmte Balthasar zu. »Ab und zu braucht jeder mal so ein farbenprächtiges Schauspiel«, sagte Melchior. »Das erfreut das Herz. Erinnert ihr euch noch an das eine Mal an der Krippe ...?«

EINE VORSTELLUNG FÜR ALLE

An der Krippe waren alle willkommen, und das wusste auch jeder. Jahr für Jahr gesellte sich irgendein Neuankömmling zu der kleinen Schar, die sich um den Stall drängte, um das Kind zu sehen. Manche kamen seinetwegen sogar von weit her. Deshalb wunderte sich auch niemand, als eines Jahres eine Reihe von Pferdewagen auf der Straße von Betlehem erschien. »Das sind bestimmt Stoffhändler«, meinte die Müllerin und hielt sich die Hand über die Augen, um gegen die Sonne besser sehen zu können.

»Oder Zigeuner. Leben die nicht in fahrenden Häusern und ziehen wie Nomaden durch die Gegend?«, fragte ein Hirt, der die Welt kannte.

Genau genommen waren die Unbekannten beides: Sie verkauften etwas, und sie lebten in fahrenden Häusern. Doch sie waren auch noch etwas Drittes. Das zeigte sich aber erst später.

Am Abend machten sie am Fuß des Hügels Halt und begannen lange gelbe und rote Stoffbahnen und unendlich viele Seile und Pfähle aus ihren Wagen auszuladen. Sie arbeiteten die ganze Nacht hindurch, und am folgenden Tag hatten sie zum großen Erstaunen der Krippengesellschaft ein riesengroßes, gelb und rot gestreiftes Zelt aufgebaut: eine hohe und geräumige Kuppel aus Stoff.

»Wozu ist das denn gut?«, wunderte sich die Müllerin.
»Vielleicht eine neue Art überdachter Basar«, überlegte die Gänsehirtin, und gemeinsam gingen sie den Hügel hinab, um sich das Ganze aus der Nähe anzusehen. Da sie aber nicht lesen konnten, gelang es ihnen nicht, die Plakate zu entziffern, die vor dem riesigen Zelt aufgestellt waren. Sonst hätten sie erfahren, was hier vor ihrer Nase stand: der berühmte Zirkus Corsini. Aber das hätte ihnen auch nichts gebracht, denn sie wussten nicht, was ein Zirkus ist. Sie streiften zwischen den Wagen umher und sahen Leute, die Sprünge und Turnübungen machten, Leute, die sich ihre Gesichter mit Farben bunt bemalten, Leute, die ihre ebenso bunten Kostüme zum Lüften nach draußen hängten. »Kommt heute Abend«, ein kleines Mädchen mit blonden Zöpfen, das ganz in Rosa gekleidet war, sprach sie an. »Kommt alle, die Vorstellung ist heute gratis.«
Die beiden Frauen liefen eilig zurück und erzählten den anderen von der Einladung. Und alle gerieten in große Aufregung, denn keiner wusste, was er tun sollte: Heute Abend war doch Heiligabend, heute war der 24. Dezember, und sie durften doch jenes andere Schauspiel nicht verpassen, das war ja schließlich wichtiger! Andererseits aber war eine solche Vorstellung sicher etwas ganz Besonderes, so etwas hatte man hier noch nie gesehen ... Nach vielem Hin und Her wurde schließlich die Müllerin losgeschickt, um den Neuankömmlingen das Problem zu erklären. Und die Antwort, mit der sie zurückkam, brachte alles in Ordnung: »Sie schlagen vor, dass sie zuerst zu uns kommen und dass wir dann im Anschluss zu ihnen kommen sollen, um den Zirkus zu sehen. So nennt man das. Sie sind extra unseretwegen hier, sie wollen sich unser Schauspiel anschauen. Das heißt, wir müssen uns große Mühe geben!«

Und so lief an diesem Abend an der Krippe auch alles ganz wunderbar: Der Stern kam ein bisschen früher, es gab kein Durcheinander, niemand vergaß seinen Text oder verpasste sein Stichwort. Die Zirkusleute hatten sich feingemacht, kamen in ordentlichen Zweierreihen und knieten vor dem Neugeborenen nieder: die Tänzerinnen, die Clowns, die Akrobaten ... Und als alle gesehen hatten, was es zu sehen gab, wickelte Maria das Kind in eine kleine blaue Decke, Josef hob die beiden auf den Esel, und sie gingen, gefolgt von der Krippengesellschaft, den Hügel hinab, um sich die Vorstellung im Zirkus anzusehen.

»Das ist unser Geschenk für das Kind und für euch alle«, verkündete der Direktor in der Manege mit lauter Stimme, nachdem alle im Zelt auf den Bänken Platz genommen hatten. »Eine unvergessliche Vorstellung des berühmten Zirkus Corsini!«

So begann der Abend, und die Kinder sahen mit großen Augen zu, wie die Clowns so taten, als ob sie sich stritten, wie die Akrobaten wild durch die Luft flogen und die Seiltänzer hoch oben im Zelt balancierten ... Die Erwachsenen machten ebenfalls große Augen, denn so etwas hatten sie ebenfalls noch nie gesehen. In den Pausen lief ein Schimpanse, der wie ein Prinz gekleidet war, durch die Reihen und verteilte kleine Tüten mit Nüssen. Dann ging die Vorstellung weiter. Es war einfach wunderschön, und alle, auch Maria und Josef, die mit dem Kind in der ersten Reihe saßen, konnten sich gar nicht sattsehen und satthören an den Tänzen und Kunststücken und an der Musik. Sie klatschten, bis ihnen die Hände wehtaten. Das Kind natürlich nicht: Inmitten des ganzen Trubels schlief es seelenruhig, wie nur ein Säugling schlafen kann.

»Danach sind wir mit dem Zirkus weitergezogen und haben sie in Jerusalem bei der Arbeit gesehen, erinnerst du dich?«, fragte Melchior. »Jaja«, antwortete Kaspar, »aber ich finde, dass es an jenem ersten Abend noch schöner gewesen ist. Es war ein unvergessliches Schauspiel. Schließlich war es ihr Geschenk.«

CORSINI

»Wie sagtest du gestern Abend so schön ... ein unvergessliches Schauspiel?«, fragte Balthasar. »Wenn es etwas gibt, das ich nie vergessen werde, dann ist das diese merkwürdige alte Dame damals, wisst ihr noch?«
»Ach ja«, lachte Kaspar. »Die ist dir ganz schön auf die Pelle gerückt ...«

BALTHASARS VEREHRERIN

In jenem Jahr war Kaspar am Morgen des 6. Januar als Erster aufgewacht. Die drei Könige hatten am Fuß des Hügels ihr Lager aufgeschlagen, und bis zum Stall waren es nur noch wenige Schritte. In diesem ersten Morgengrauen sah Kaspar ein kleines Wesen, das sehr schnell über den Himmel flog, genau auf ihn zu. Es war kein Vogel, sondern ein Mensch, und zwar eine Frau, die auf einem Besen ritt. Kaspar traute seinen Augen kaum. Sie kreiste über ihm, ging dann in den Sinkflug, landete, ließ den Besen fallen und strich ihren Rock glatt, ehe sie zu Kaspar sagte: »Lieber Kollege, ich bin sehr stolz auf mich. Ich habe letzte Nacht alle Geschenke für die Kinder ausgeliefert und bin dann gleich aufgebrochen, um pünktlich hier zu sein. Ich wollte dich und deine Freunde unbedingt kennenlernen.«
Sie war schon alt, das sah man an der faltigen Haut und den weißen Haarbüscheln, die unter ihrem Schal hervorblitzten. Sie war ganz in Violett und Schwarz gekleidet – mit Ausnahme ihrer Schuhe: Die waren gestreift in allen Farben, die man sich nur vorstellen konnte. »Also, stellst du mich nun deinen Gefährten vor?« »Ich ... ich gehe sie holen«, stotterte Kaspar und verschwand im Gebüsch, um Melchior und Balthasar zu wecken. »Schnell, schnell, ihr müsst kommen!« Er rüttelte sie wach. »Da ist eine fliegende Frau, die euch kennenlernen will!«
»Eine fliegende Frau?« Balthasar war im Nu auf den Beinen, wusch sich Gesicht und Hände und setzte seinen Turban auf. »So etwas habe ich noch nie gesehen, das will ich auf keinen Fall verpassen. Das Frühstück kann warten!«

Und er folgte Kaspar durch die Büsche. Da stand die Alte und hielt drei Strümpfe in der Hand, die genauso aussahen wie jene, die sie selbst an den Füßen trug – nur waren sie prall und ausgebeult. »Für euch!«, rief sie. »Einer, zwei ... und der dritte für den, der noch fehlt.« Und sie drückte Balthasar, der vor Staunen kein Wort hervorbrachte, zwei Strümpfe in die Hand. Kaspar hingegen sah gleich in seinen Strumpf hinein: Er war voller Süßigkeiten und Bonbons, die in buntes Papier eingewickelt waren. Er nahm eines heraus, packte es aus, steckte es in den Mund, kaute – und lachte über sein ganzes, schwarzes Gesicht. »Köstlich«, sagte er. »Hast du noch mehr davon?«

»Aber natürlich«, antwortete die Alte. »Und der hier ist für das Kind.« Sie zog unter ihrem Mantel einen vierten Strumpf hervor, der war groß und dick und lang und hätte sehr gut an den Fuß einer Riesin gepasst. Auch dieser Strumpf war prall gefüllt.

»Das Kind darf noch keine Bonbons essen. Es ist zu klein«, warf Melchior ein, der nun auch endlich dazugekommen war.

»Ich weiß, aber es ist die Absicht, die zählt«, antwortete die Alte. »Seine Eltern werden schon Abnehmer dafür finden!«

Balthasar hatte inzwischen scharf nachgedacht. »Du musst ... du musst eine Befana sein«, sagte er zu der Alten.

»Eine Befana?« Die Frau blickte ihn verärgert an. »Willst du mich beleidigen? Ich bin die Befana. Die einzige echte Befana. Ihr und ich, wir tun dieselbe Arbeit, am selben Tag des Jahres. Und schon länger habe ich mir gedacht, dass es doch wirklich schade ist, dass wir uns noch nie begegnet sind. Du bist wirklich ein prächtiger alter Knabe ... du bist der Älteste von euch dreien, stimmt's?« Sie wartete die Antwort gar nicht ab: »Ja, du musst Balthasar sein. Wie alt bist du? 102? 103? Nun, ich bin ein bisschen jünger, aber was sind in unserem Alter schon ein, zwei Jährchen ...«

Und sie schenkte Balthasar ein betörendes Lächeln. Dann trat sie an ihn heran und flüsterte: »Ich könnte dir so viele Bonbons schenken, wie du magst, ich habe einen riesigen Vorrat.«

»Ich bin nicht so naschhaft«, wehrte Balthasar ab. »Unser Kaspar hier hat eine Leidenschaft für Süßes.«
»Ja, aber der ist zu jung, das passt nicht ... Du dagegen bist perfekt. Hast du noch nie darüber nachgedacht, deine Einsamkeit mit einer liebevollen Gefährtin zu teilen? Denn ich kann sehr liebevoll sein, weißt du ...«
»Hör auf mit dem Unsinn«, rief Balthasar verärgert aus. »Du bist eine prächtige Alte, aber mir gefällt es so, wie es ist. Und jetzt los, lasst uns gehen!«, forderte er seine Gefährten auf. »Sonst kommen wir noch zu spät.«
Und so brachten die drei Könige dem Kind ihre Geschenke, und die Befana schleppte ihren riesigen Strumpf an die Krippe, was sehr komisch aussah. Die Süßigkeiten wurden unter den anwesenden Kindern aufgeteilt, und auch der eine oder andere Seraphim kam herab, um sich seinen Anteil zu holen. In der Zwischenzeit versuchte die Befana weiter, Balthasar von ihrer Idee zu überzeugen: »Schau doch, unsere Namen fangen beide mit B an, wir sind wirklich füreinander geschaffen ...«
Der alte König konnte nicht mehr. Noch in derselben Nacht überredete er seine beiden Gefährten, sich nicht einmal mehr schlafenzulegen, sondern sofort aufzubrechen: Er hatte absolut genug von seiner neuen Verehrerin ...

»Du hast dich für uns entschieden. Du bist wirklich ein eingefleischter Junggeselle.« Melchior lachte.
»Genau wie ihr«, gab Balthasar zurück. »Und hier stimmt etwas nicht, lasst euch das von einem alten Junggesellen sagen! Ich kann mich nicht erinnern, jemals diese Berge da am Horizont gesehen zu haben ...« Er wies auf eine bläuliche Bergkette, die vor ihnen in den Himmel aufragte. »Das liegt daran, dass wir immer viel zu sehr ins Gespräch vertieft sind und nicht auf die Landschaft achten«, beruhigte ihn Kaspar. »Du wirst schon sehen, alles wird gut.«
Sie setzten ihren Weg fort und dachten an die merkwürdige Alte auf ihrem Besen, die jedes Jahr am 6. Januar die Kinder mit Süßigkeiten beschenkte.

»Süßigkeiten, Vorführungen, Fladen ... Was dieses Kind schon alles für Geschenke bekommen hat«, überlegte Melchior. »Stimmt, aber das ist auch richtig so«, meinte Balthasar bestimmt. »Alle Kinder freuen sich über Geschenke. Das ist ein einfacher Weg, ihnen zu zeigen, dass man sie liebhat.« »Aber manche Geschenke sind wirklich übertrieben ...« Kaspar runzelte die Stirn.

EINE GARDEROBE FÜR DAS KIND

Wieder einmal stand Weihnachten vor der Tür, und wie jedes Jahr bereiteten die Frauen von der Krippe kleine Geschenke für das Kind vor. Normalerweise schenkten sie etwas von jenen Dingen, mit denen sie ihren Lebensunterhalt verdienten, oder zumindest etwas Selbstgemachtes: Plätzchen, einen Käse, einen kleinen Kuchen, eine Decke aus feinster Schafwolle, ganz praktische Sachen eben. Doch in diesem Jahr überlegte sich die Müllerin (sie buk sonst immer ein trockenes, knuspriges Brot, das sich ganz hervorragend für lange Reisen – zum Beispiel nach Ägypten – eignete): »Dieses Kind kommt nackt und bloß auf die Welt und liegt auf Stroh, und seine Mama, die noch so jung und unerfahren ist, hat ihm noch nicht einmal etwas zum Anziehen gekauft. Sie wickelt es in irgendein Stück Stoff und fertig! Ein Kind braucht doch Kleidung, oder etwa nicht?« Und so buk sie zwar wie immer ihr Brot, doch statt es in Palmblätter zu wickeln und dem Kind zu schenken, ging sie damit in die Stadt und tauschte es gegen ein leichtes, bunt gestreiftes Baumwollhemdchen ein.
Die Gänsehirtin hatte dieselbe Idee. Sie nähte normalerweise eine Decke, die sie mit Gänsedaunen füllte. »Doch dieses Kind hat nichts für den Kopf«, sagte sie sich. »Und die Köpfchen der Neugeborenen sind doch so empfindlich!« So nähte sie zwar eine Daunendecke, doch statt sie wie sonst immer

einzurollen und mit Bändern zusammenzubinden, um sie zu verschenken, brachte sie sie in die Stadt und tauschte sie gegen ein winziges Mützchen aus orangefarbener Seide ein. Orange war ihre Lieblingsfarbe.

Offenbar war es das Jahr der Kleidungsstücke. Manchmal kommt es vor, dass mehrere Menschen unabhängig voneinander auf dieselbe Idee verfallen. Sie liegt irgendwie in der Luft. Und so tauschte die Eierverkäuferin ihre Eier gegen eine Hose aus leichtem, weißem Tuch. Die Obsthändlerin tauschte ihre getrockneten Apfelringe gegen eine Weste aus rotem Samt. Die Blumenfrau tauschte die Heilkräuter, die sie Maria normalerweise in einem Beutel überreichte, gegen ein Paar Filzschuhe. Und so war das Kind an diesem Weihnachtsfest das bestgekleidete Baby der Welt.

Maria freute sich sehr über diese Geschenke und vor allem über die Absicht, die dahinterstand: dass das Kind es immer warm haben und dass es mit hübschen Sachen bekleidet und nicht nur in irgendein sauberes Stück Stoff gewickelt sein sollte. Sie zog dem Kind alle Kleidungsstücke an, die es geschenkt bekommen hatte, und es sah wunderschön aus: mit dem Hemd aus leichter Baumwolle, der weißen Hose, der kleinen Weste aus rotem Samt, der Mütze aus orangefarbener Seide und den winzigen Filzschuhen.

Nur schade, dass gerade in diesem Jahr keine Maler in der Gegend waren – schade und eigenartig, denn normalerweise kamen jedes Jahr zwei oder drei. Deswegen gibt es auch so viele Bilder von Maria, Josef und dem Kind, und deswegen sehen sie alle so unterschiedlich aus, weil an der Krippe ja jedes Jahr irgendetwas anders geschah. Doch gerade in diesem Jahr, als das Kind so schöne Kleider trug, malte leider, leider niemand ein Bild von ihm. Deshalb ist es auf allen Gemälden, die wir kennen, immer nur in die üblichen Tücher, Decken oder Windeln gewickelt.

Als aber die Weihnachtszeit vorüber war und die kleine Familie nach Ägypten aufbrach, wo sie viele Jahre verbringen sollten, bis sie schließlich nach Herodes' Tod wieder zurückkehren konnten, gab Maria unterwegs all diese schönen Kleidungsstücke nach und nach wieder ab. Sie verschenkte sie an die Kinder, die ihnen begegneten: Kinder aus den Wüstenstämmen, Hirtenkinder, Nomadenkinder, die mit ihren Familien in die Berge zogen und noch weniger hatten als ihr Kind – DAS Kind. Sie brauchten die kleinen Filzschuhe, damit sie in den Bergen warme Füße hatten, die Seidenmütze, um ihren Kopf vor der Wüstensonne zu schützen, und sie konnten auch alles andere sehr gut gebrauchen.

»Mir kamen diese ganzen Sachen ja ziemlich albern vor«, kritisierte Kaspar. »Und unbequem waren sie bestimmt auch. Er hat die ganze Zeit gezappelt, wisst ihr nicht mehr? So unruhig habe ich ihn noch nie gesehen, den armen Kleinen ... Kinder brauchen Bewegungsfreiheit«, meinte er abschließend klug. »Du hast recht«, sagte Balthasar. »Aber diese Frauen haben es gut gemeint, und nur darauf kommt es an.«

»Vielleicht hast du doch recht, Balthasar. Irgendetwas ist hier merkwürdig. Solche Bäume habe ich in Palästina noch nie gesehen ...« Kaspar zeigte auf die grünen, duftenden Baumkronen zu beiden Seiten der Straße. »Und die Wege sind sonst meistens breit und nicht so schmal wie dieser hier«, ergänzte Melchior. Er blickte nachdenklich auf die ausgedehnte, graue Fläche, die unter ihnen lag. »Aber der Stern zieht immer noch vor uns her ...« »Er hat bestimmt einen anderen Weg genommen«, beruhigte Balthasar. »Ja, so muss es sein. Jedenfalls sind wir bald da.« Melchior blieb skeptisch: »Das haben wir schon einmal gesagt, erinnert ihr euch?«

DAS VERLIEBTE KAMEL

In jenem Jahr waren die drei Könige schon fast an ihrem Ziel angekommen, als Kaspars Kamelhengst plötzlich streikte. Gleich zu Beginn der Reise, kaum dass er sie mit ihrer königlichen Last hatte heranschwanken sehen, hatte er sich in die beiden weißen Kameldamen von Melchior und Balthasar verliebt. Er hatte ihnen mit Brüllen und Schmatzen den Hof gemacht, und weil er diese seltsamen Liebeslieder meist nachts sang, waren die Könige gezwungen, sich beim Schlafen die Finger in die Ohren zu stecken. Er hatte sie in die grünsten Oasen geführt, wo es die zartesten Blätter zu knabbern gab und die klarsten Quellen süßes, frisches Wasser spendeten. Er hatte versucht, sie mit seiner Tüchtigkeit zu beeindrucken: Morgens war er immer als Erster unterwegs, außerdem war er der Schnellste, wenn es darum ging, mit der Nase den richtigen Weg zu finden.
Die beiden Kameldamen sahen dem Ganzen belustigt zu, zeigten aber keinerlei Interesse. Die zarten Blätter und das frische Wasser nahmen sie natürlich gerne, und sie hörten sich auch die nächtlichen Lieder an, die voller zärtlicher

Komplimente waren. Doch keine von ihnen hatte die Absicht, ihren Verehrer zu heiraten. Zuhause in Balthasars Palast, wo sie herkamen, hatten sie zwei junge weiße Kamelhengste zurückgelassen. Sie waren also schon versprochen. Das hatten sie Kaspars Kamelhengst auch zu erklären versucht, doch der war so felsenfest davon überzeugt, das schönste aller Kamele zu sein, sodass er sie früher oder später ganz für sich gewinnen könnte – wenigstens eine von ihnen. Beide wären allerdings besser: Kamele haben (genau wie manche ihrer Herren) gerne mehrere Frauen. Doch er hätte sich auch mit einer begnügt.

Am 20. Dezember endlich begriff Kaspars Kamelhengst, dass wirklich nichts zu machen war. Daher beschloss er zu streiken. An diesem Morgen setzte er sich nicht als Erster in Bewegung. Als Kaspar ihn sattelte, zeigte er keine Reaktion. Als Kaspar aufstieg, zuckte er nicht mit der Wimper. Und als Kaspar ihn antrieb, blieb er starr wie eine Marmorstatue.

Kaspar streichelte ihn, flüsterte ihm die geheime Formel ins Ohr, mit der die Kameltreiber sonst jedem Tier die Beine lösen. Da dies alles nichts half, bot er ihm sogar eine Handvoll köstliches Springkraut an, das so selten ist, dass die Kamele normalerweise erst nach der Ankunft am Stall von Betlehem und auf keinen Fall schon vorher eine kleine Portion davon als Belohnung bekamen. Doch es war nichts zu machen.

Balthasar und Melchior hatten schon eine gute Strecke zurückgelegt, als sie bemerkten, dass Kaspar ihnen nicht folgte. Sie hielten an, blickten zurück und sahen ihn in der Oase, wie er mit den Füßen aufstampfte, mit den Armen fuchtelte und so laut brüllte, dass sogar sie es noch hören konnten. Und sie sahen das reglose Kamel.

»Was ist passiert?«, fragte Balthasar seine Kameldame. Und sie erzählte ihm alles.

»Hmmm, ich fürchte, da ist nichts zu machen«, seufzte Balthasar, nachdem er Melchior die Angelegenheit erklärt hatte. »Verliebte Kamele sind schwierige Zeitgenossen.«

Sie kehrten in die Oase zurück, stiegen von ihren Kamelen und versuchten den wütenden Kaspar zu beruhigen. »Was soll ich tun? Soll ich ihn etwa schlagen?

Ich habe noch nie die Hand gegen ein Tier erhoben ...«
»Nein, natürlich nicht«, besänftigte ihn Balthasar. »Aber ich weiß vielleicht eine andere Lösung: Ich habe einmal eine Legende über dich gehört. Das war, noch ehe ich dich kannte. Da hieß es, du seist so stark, dass du ein Kamel auf den Arm nehmen könntest.«
»Ach, diese alte Geschichte.« Kaspar wurde rot.
»Stimmt sie denn?«, fragte Balthasar.
»Ja.« Kaspar wurde noch röter.
»Dann tu es einfach. Nimm das Kamel auf den Arm und lass uns gehen. Wenn du das schon einmal geschafft hast, wird es dir wieder gelingen. Du bist zwar nicht mehr der Jüngste ...«
Kaspar fuhr auf: »Nicht mehr der Jüngste, sagst du? Das werden wir ja sehen! Ich werde dir beweisen, dass ich noch genauso stark und kräftig bin wie damals!« Dann nahm er das verblüffte Kamel auf den Arm und machte sich auf den Weg.
»Also los!«, rief Balthasar. »Die Krippe erwartet uns!« Und die merkwürdige Karawane setzte sich wieder in Bewegung: zwei weiße Kamele, die zwei Könige trugen, und ein König, der ein Kamel trug. Hauptsache, sie kamen an. Und sie kamen an, alle drei. An der Krippe tauschte Kaspar dann allerdings sein verliebtes und störrisches Kamel gegen ein anderes, weniger eigenwilliges Exemplar aus – er wollte es nicht auch noch den ganzen Weg zurücktragen müssen ... Und so blieb der verliebte Kamelhengst in Palästina. Nach einer Weile hatte er seine Leidenschaft für weiße Kameldamen überwunden und heiratete ein nettes Kamelfräulein. Nur eins. Und das war nussbraun wie er selbst.

»Was für ein dämliches Tier«, sagte Kaspar. »Aber du warst damals ganz schön stark«, Melchior grinste.
»Warst? Wieso warst? Ich bin es immer noch!«, rief Kaspar, packte Melchiors Kamel mit Melchior obendrauf und hob es mühelos in die Höhe.

»Schaut doch mal, dort drüben: Das sieht wie eine Krippenlandschaft aus!« Die drei Könige ritten gerade einen Hügel hinauf und Melchior wies auf Millionen kleiner Lichter, die in der Abenddämmerung vor ihnen glitzerten. »Eine Krippenlandschaft, das hast du schön gesagt«, meinte Kaspar. »Aber wenn das unsere Krippe wäre, müsste uns die Gegend doch allmählich bekannt vorkommen.«

»Unsere Krippe ... Die Krippe gehört allen«, brummte Balthasar. »Das habe ich gelernt, als damals diese Besucher aus Italien kamen ...«

EINE KRIPPE VON WEIT HER

Überall auf der Welt werden zu Weihnachten Krippen gebaut: Es gibt kleine Krippen und große Krippen, prächtige und bescheidene, einfache und komplizierte. Die Leute von der Original-Krippengesellschaft wissen, dass die Menschen sie gerne nachmachen, so gut sie eben können, und sie sind sehr froh darüber. Doch sie alle, vom Kleinsten bis zum Größten, waren mächtig überrascht, als sie eines Jahres Besuch von den Hauptdarstellern einer neapolitanischen Krippe bekamen.

Die Erste, die ihre Ankunft bemerkte, war die Gänsehirtin, denn sie stand damals am 24. Dezember gerade auf einem kleinen Hügel. »He, Leute«, rief sie, wobei sie vergaß, dass man an der Krippe normalerweise flüstert, um das Kind nicht aufzuwecken, »da kommt eine seltsame Karawane ... Sie sind zu Fuß, ohne Kamele, und sie sehen sehr elegant aus.«

Die drei Könige, die schon angekommen waren, sich aber wie immer bis zum 6. Januar hinter ein paar Felsen versteckt hielten, waren verärgert, denn bisher waren sie immer die elegantesten Besucher an der Krippe gewesen. Die Vorstellung, dass jetzt jemand kam, der womöglich noch eleganter war, behagte ihnen gar nicht. Also sprang Melchior auf sein Kamel und ritt ein

Stück des Weges zurück, denn er wollte sehen, wer die Eindringlinge waren. Als er näher herangeritten war, sah er, dass sie alle kostbare Kleider trugen: Seidenhemden, Brokatmäntel, Hosen aus feinstem Samt wie vornehme Herren und Damen. Der eine schien eine Art Prinz zu sein, sein Gewand war weiß und braun, doch er trug ein Lämmchen auf den Schultern und benahm sich eher wie ein Hirte. Und eine Frau, die einen Brotkorb im Arm hielt, sah aus wie eine Königin mit ihren langen Ohrringen, ihrer Halskette aus Korallen, den braunen Locken, die ihr den Rücken herabfielen, und ihrem leuchtendgrünen Kleid. Und auf einem Esel saß eine in Rosa und leuchtendes Blau gekleidete Frau mit klaren Augen und einem Lächeln wie Maria, nur dass es ja nicht Maria sein konnte, weil Maria, die echte Maria, keine Seide trug, sondern Baumwolle ...

»Auf, auf«, rief plötzlich einer von ihnen, der in der Mitte des Zuges ging. »Was gibt's denn da zu schauen? Wir sind hier nicht im Kino, wir sind auf dem Weg zu euch, und wir wollen die Herrschaften bei der Arbeit sehen ...« Er war ganz in Weiß gekleidet und hatte die Hälfte seines Gesichts unter einer Art kleinem schwarzen Schirm versteckt, in dem sich zwei Löcher befanden, aus denen seine ebenfalls schwarzen Augen herausblitzten. Auf dem Kopf trug er eine weiche, weiße Mütze. »Ich bin Pulcinella, stets zu Diensten«, trug er vor und verbeugte sich nach allen Seiten. »Dieb, Betrüger und Spitzbube, aber mit dem Herz auf dem richtigen Fleck«, und dabei schlug er sich auf seine Brust, an jene Stelle, an der das Herz sitzt. »Wir haben unsere schöne Stadt Neapel und den Vesuv und das wunderbare, tiefblaue Meer verlassen, denn wir wollten sehen, wie es euch geht. Und ich sehe, es geht euch gut, auch wenn euch offensichtlich etwas fehlt ...«

Etwas fehlt? Die Leute von der Krippe sahen einander fragend an. Sie hatten noch nie den Eindruck gehabt, dass ihnen etwas fehlte: Sie durften beim Kind sein, und das, so wussten sie, war ein ganz besonderes Privileg. Es gefiel ihnen sehr gut so, wie es war. So sagte ein Hirte: »Mein Herr, ihr irrt euch. Uns fehlt nichts ...«

»Aber natürlich fehlt euch etwas, jedoch nur eine Kleinigkeit: ein kleines bisschen Stimmung, das ist schon alles.« Pulcinella klatschte in die Hände. Daraufhin kamen vier seiner Gefährten herbeigelaufen. Sie waren genauso gekleidet wie er und hielten seltsame Instrumente, die wie polierte Kürbisse aussahen. Sie begannen eine gezupfte, leichte und lebhafte Musik zu spielen, die bewirkte, dass es allen Umstehenden in den Füßen zuckte. Vier andere liefen zum Ofen, schubsten die Bäckerin sanft zur Seite und fingen an, einen Brotteig zu kneten. Dann legten sie verschiedene Zutaten, die sie in ihren Taschen bei sich hatten, darauf und schoben den Teig in den Ofen. Ein köstlicher Duft nach gebackenem Teig erfüllte die Luft und schon bald konnten sie wieder herausholen, was sie hineingeschoben hatten: helle, flache Teigscheiben, die rot und weiß belegt und mit grünen Blättchen bestreut waren. »Schaut her, kommt herbei, kommt herbei: Pizza für alle!«, rief Pulcinella ...

»Die war gut, die Pizza«, sagte Kaspar. »Fast kann ich sie noch riechen ...« »Und es war genug für alle da.« Balthasar lächelte erinnerungsselig. »Ein echtes Krippenwunder, oder?«, meinte Melchior. »Irgendwie riecht es auch gerade jetzt nach Pizza ... Seht mal, da unten!« Vor ihnen an der Straße stand ein Haus mit einem Schild, das im Wind schaukelte. Und auf das Schild hatte jemand eine appetitliche Pizza gemalt.

»Ich wüsste nicht, dass Pulcinella in dieser Gegend eine Pizzeria eröffnet hätte«, wunderte sich Kaspar. »Trotzdem sollten wir die Gelegenheit nutzen ...« Balthasar lief schon das Wasser im Mund zusammen. Kurze Zeit später aßen die drei Könige eine heiße Pizza, und nun erinnerten sich auch ihre Zungen an jene Köstlichkeit, an der sie sich vor so langer Zeit an der Krippe ein kleines bisschen verbrannt hatten.

»Verkehrte Welt. Eine Pizzeria bei Jesus in Palästina ...« Bei dem Gedanken an die Überraschung vom Vorabend schüttelte Balthasar den Kopf. »Mittlerweile bekommt man überall alles«, erklärte Kaspar altklug. »Der Transport der Waren und der Menschen hat sich eben verändert.«

»Nur wir reiten immer noch auf dem Rücken von Kamelen«, lachte Melchior. »Weil wir noch die Traditionen bewahren. Außerdem gehört sich das so an der Krippe«, sagte Balthasar. »Nun, das stimmt auch nicht immer«, berichtigte ihn Melchior. »Erinnert ihr euch noch an das eine Mal, als wir gebastelte Korken-Könige waren?«

DER KRIPPENWETTBEWERB

Überall auf der Welt werden zu Weihnachten Krippen gebaut. Und es gibt Ausstellungen und Wettbewerbe, bei denen jeder versucht, die schönste Krippe zu bauen – und dabei natürlich die echte Krippe im Blick und im Herzen hat.

Eines Jahres kamen zwei Schutzengel auf die Idee, allen zu zeigen, was für schöne Dinge Kinder basteln können, wenn man ihnen Papier, Farben, Zeit und ein wenig Freiheit lässt. »Wir könnten doch hier einen Krippenwettbewerb veranstalten«, meinte einer der beiden. »Wir fliegen an die Schulen in aller Welt, suchen dort die schönsten Krippen aus, bringen sie nur für eine Nacht, die Heilige Nacht, hierher, und dann stimmen alle ab, welche die schönste ist.«

»Gute Idee«, sagte der andere Engel. »Aber alleine werden wir das nicht schaffen.« Und so baten sie ein paar Kollegen – einen für jeden Erdteil –, über die Städte und Dörfer zu fliegen, in den Häusern und Schulen nach Krippen Ausschau zu halten, die die Kinder gebastelt hatten, und die schönsten mitzubringen: eine Krippe für jeden Kontinent. Sofort flogen die Engel los und kehrten auch pünktlich wieder zurück: in der Nacht des 24. Dezember, gleich nach der Geburt des Kindes, als eben die Hirten ankamen und die himmlischen Chöre zu singen begannen. Jeder von ihnen hielt die schönste Krippe seines Erdteils in den Armen. Da kamen auch die Heiligen Drei Könige, von der Neugier getrieben, aus ihrem Versteck.

Die Krippe aus Europa bestand aus Wäscheklammern. Das kam den Leuten von der Krippe recht eigenartig vor, denn sie steckten ihre Wäsche immer mit Hölzchen fest und kannten daher gar keine Wäscheklammern.

»Merkwürdig, aber schön«, meinte Maria.

Die Figuren der asiatischen Krippe bestanden aus Pappe, die mit bunten Reiskörnern beklebt war. Maria, Josef, Jesus und alle anderen hatten lustige kleine Augen aus schwarz gefärbten Reiskörnern. »Was für ein ulkiges Gesicht ich da mache.« Josef lächelte.

Aus Amerika war eine indianische Krippe gekommen: Maria war als Squaw, Josef als Indianerhäuptling gekleidet, und Jesus war in ein weiches Gewand aus Wildleder gehüllt.

»Die Schuhe sind hübsch.« Maria besah sich die Mokassins der gebastelten Maria. »Die sehen bequem aus, so welche hätte ich auch gerne.«

Die afrikanische Krippe bestand aus Korken und Kronkorken. Die Heiligen Drei Könige waren große Korken mit aufgemaltem Gesicht, und auf dem Kopf trugen sie Kronkorken von Coca-Cola, was die Leute von der echten Krippe aber natürlich nicht wussten. »Hübsch, diese rot-weißen Kronen«, bemerkte Balthasar.

Aus Australien und Ozeanien schließlich war eine Krippe gekommen, deren Figuren besondere Zeichnungen im Gesicht trugen, und anstelle von Schafen, Ziegen und Kamelen standen dort Kängurus, Koalas, Kiwis und andere Tiere, die es im Rest der Welt nicht gibt. »Wie ich wohl aussähe, wenn ich mir solche Punkte ins Gesicht malen würde?«, überlegte Melchior.

Nachdem die Krippen aus aller Welt eingehend begutachtet worden waren, verkündeten die Schutzengel: »Jetzt, da ihr euch einen Eindruck verschafft habt, müsst ihr darüber abstimmen, welche Krippe die schönste ist. Der Gewinner bekommt einen Preis, den er morgen früh an seiner Krippe finden wird. Die Krippen bringen wir natürlich sofort zurück, nachdem wir den Sieger bestimmt haben.«

Die Leute von der Krippe wussten nicht, wie man abstimmt. Da beschlossen die Engel, dass es am einfachsten sei, die Hand zu heben, wenn jene Krippe aufgerufen wurde, die einem am besten gefiel. Die afrikanische Krippe aus Korken und Kronkorken gewann – auch deshalb, weil alle drei Könige für sie gestimmt hatten.

Und als am nächsten Morgen die 16 Kinder aus einem Dorf mitten in der Savanne aufwachten und zur Krippe liefen, um nachzusehen, was sie zu Weihnachten geschenkt bekommen hatten, da fanden sie neben der Krippe, die

sie gebaut hatten, 16 kleine Beutel mit Sesamfladen und Keksen aus dunklem Mehl, die in einem gewissen Ofen in Palästina gebacken und von den Schutzengeln zusammen mit der Krippe hierhergebracht worden waren. Nur die drei Könige hatten keine Kronen mehr auf den Köpfen. »Die sind bestimmt runtergefallen«, meinte eines der Kinder. Und es lief zu seinem Versteck, wo es seine Schätze sammelte, und holte drei neue Coca-Cola-Kronkorken, um die drei Könige wieder feinzumachen, ehe das Fest begann.

»Hier!« Kaspar wühlte in dem Beutel, den er an seinem Gürtel hatte, und brachte drei leicht ramponierte Coca-Cola-Kronkorken zum Vorschein. »Seltsame Dinger. Ob die wohl zu irgendetwas gut sind?«

»Klar, um sie sich auf den Kopf zu setzen, oder etwa nicht?«, meinte Melchior.

»Statt ihm etwas aufzusetzen, solltest du deinen Kopf mal in Gang setzen.«

Balthasar war mittlerweile ziemlich unruhig geworden. »Ich bin jetzt sicher, dass wir uns verirrt haben. Schaut doch mal, was da herunterkommt ...«

Sachte, sanft und kalt fielen unzählige Schneeflocken vom Himmel.

»Also, das ist echter Schnee, ganz echter«, sagte Melchior. »Nicht wie der in der Glaskugel. Da werden unsere Freunde sich aber freuen.« In der Früh beim Aufwachen war alles weiß gewesen: nicht nur die Erde, sondern auch der Himmel. »Aber nur, wenn sie darauf vorbereitet waren.« Kaspar hauchte sich auf die eisigen Fingerspitzen. »Das ist vielleicht eine Kälte ...«
»Da werden wir wohl warme Decken für alle besorgen müssen«, meinte Balthasar. »Ja, aber zuerst müssen wir sie finden. Das wird bei diesem Schneegestöber gar nicht so einfach sein ...« Kaspar kniff die Augen zusammen. Der Schnee fiel nicht einfach vom Himmel, oh nein: Er wirbelte und tanzte durch die Luft und wurde vom Wind hierhin und dorthin getrieben. Und er stach einem ins Gesicht. »Schwieriger als im Nebel wird es wohl auch nicht sein, oder?«, versuchte Melchior sich selbst und den anderen Mut zu machen.

WIE IN EINEM GLAS MILCH

In einem Jahr war die Krippengesellschaft am 25. Dezember morgens aufgewacht und hatte die Hand vor Augen nicht gesehen: Alles war in dichten Nebel gehüllt. »Das ist, wie wenn man in einem Glas Milch schwimmt«, bemerkte Kaspar.
»Eine schöne Vorstellung.« Melchior grinste spöttisch. »Kennst du vielleicht jemanden, der in Milch badet?«
»Das ist doch nur eine Redensart«, verteidigte sich Kaspar.
»Statt zu reden solltest du dir vielleicht lieber überlegen, wie man das hier wieder loswird.« Melchior versuchte, das seltsame feuchte Gespinst mit den Händen zu greifen. Doch es ließ sich nicht anfassen. Es war da, aber man sah es nicht. Man sah es, aber es war nicht da. Also ...
»Hört auf zu streiten, ihr beiden«, unterbrach sie Balthasar. Wir wollen lieber nachsehen, wie es dem Kind geht. Ich weiß nicht, ob diese Feuchtigkeit

einem Neugeborenen vielleicht schadet: Wir müssen schauen, ob sie im Stall genügend Decken haben ...«

»Aber wir kommen doch erst am 6. Januar«, protestierte Melchior. »Tradition ist Tradition!«

»Sie brauchen uns aber jetzt«, sagte Balthasar bestimmt. »Es wissen doch sowieso alle, dass wir immer schon in der Nähe sind ...« Dann schulterte er eine Tasche voller Decken und ging los. Fast im selben Augenblick hatte ihn der Nebel auch schon verschluckt.

»Lass uns hier auf ihn warten«, sagte Kaspar zu Melchior. »Ich habe keine Lust, mich da draußen zu verirren.«

Und so blieben die beiden an der Glut des Lagerfeuers sitzen, um sich zu wärmen.

Viele Stunden vergingen. Wie viele genau, war schwer zu sagen, weil ja die Sonne nicht zu sehen war. Doch irgendwann wurde es dunkel, und es war klar, dass die Nacht hereinbrach. Balthasar war nicht zurückgekehrt.

»Ich gehe ihn suchen«, beschloss Kaspar.

»Und wenn er kommt, während du noch unterwegs bist?«, fragte Melchior.

»Da mach dir mal keine Sorgen, dann kommst du eben mich holen«, sagte Kaspar. »Er ist nicht mehr jung, mir gefällt der Gedanke nicht, dass er alleine da draußen im Dunkeln herumtappt. Ich nehme auf jeden Fall eine Laterne mit. Dann sehe ich wenigstens etwas.« Und er zog los.

Doch er hatte sich geirrt: Der kleine Lichtkreis der Laterne konnte die dichte, neblige Dunkelheit nicht durchdringen. Kaspar ging und ging und kam nicht wieder.

Melchior wartete die ganze Nacht auf die Rückkehr seiner Gefährten. Am nächsten Morgen drang das Tageslicht kaum durch die Nebelschleier hindurch. Die Welt war verschwunden. Kaspar und Balthasar waren verschwunden. Leicht besorgt machte sich nun auch Melchior auf die Suche.

Der Nebel hielt tagelang an. Am 6. Januar hatte er sich noch immer nicht gelichtet. Und keiner der Heiligen Drei Könige war an der Krippe erschienen.

»Sie haben sich bestimmt verirrt«, war sich Maria sicher. »Selbst die Engel hatten Mühe, uns zu finden, und die sind es gewohnt, durch die Wolken zu fliegen ...«

»Die Engel, ja genau, das ist es doch«, rief Josef. »Wenn sie alle gleichzeitig mit den Flügeln schlagen, dann können sie den Nebel vertreiben und dann werden wir die drei alten Herren wiederfinden ...«

Er winkte mit den Armen und rief so alle Engel herbei. Sie scharten sich um ihn, und er erklärte ihnen, was sie zu tun hatten. Da erhoben sich die Engel in die Luft und schwebten alle in einer Reihe – einer unendlich langen Reihe aus langen weißen Kleidern und Federn – über der Grotte; und dann begannen sie auf Josefs Zeichen hin so fest mit den Flügeln zu schlagen, wie sie nur konnten. Nach und nach wurde der Nebel lichter und immer lichter, dünner und immer dünner, und endlich tauchte vor aller Augen wieder die vertraute Umgebung auf. Dann flogen die Engel kreuz und quer durch den Himmel über der Krippe, bis sie schließlich die drei Könige entdeckten: Ganz weit voneinander und von der Krippe entfernt lagen sie da, ein jeder in seinen Mantel gehüllt, unterkühlt und auch ein wenig verängstigt. Sie hatten ihren Proviant aufgegessen und waren schwach vor Hunger. Die Engel trugen sie zum Stall, wo Maria ihnen Schafsmilch und Kekse anbot.

Balthasar war der Erste, der sich wieder erholte. »Wir ... wir haben keine ... Geschenke ... weil ... im Lager ...«

»Das macht doch nichts«, tröstete ihn Maria. »Wenn ihr wieder zu Kräften gekommen seid, dann geht ihr sie einfach holen. Doch jetzt feiern wir ein Fest, denn ihr wart wie verlorene Schafe, und wir haben euch wiedergefunden.«

Als alles überstanden war, suchte ein Kind die Federn zusammen, die den Engeln aus den Flügeln gefallen waren, während sie den Nebel vertrieben hatten. Es sammelte einen ganzen Sack voll und brachte sie nach Hause. Seine Mama nähte ihm eine Decke, die sie mit den Engelsfedern füllte. Sie hielt es an kalten Wintertagen warm und bescherte ihm ganz besondere Träume.

»Das wäre eine schöne Blamage, wenn wir uns jetzt wieder verirrt hätten.« Balthasar war besorgt. »Los, gehen wir!« Kaspar legte ihm einen Arm um die Schultern. »Wir werden es schon schaffen, wie immer.« Doch insgeheim war er sogar noch besorgter als Balthasar. Melchior sagte nichts, um seine Gefährten nicht zu erschrecken. Doch auch er hatte keine Ahnung, wo sie waren. Und so zogen die drei Könige durch den Schneesturm.

Inzwischen war es klar: Balthasar hatte recht gehabt. Die drei Könige hatten sich wirklich verirrt. Doch sie wollten es noch immer nicht glauben. Es war eine kalte Nacht. Sehr kalt. »Wir hätten Handschuhe mitnehmen sollen«, rief Balthasar verdrossen. »Und Wollmützen«, ergänzte Melchior zwischen zwei kräftigen Niesern. »Aber so ein Wetter hatten wir in eintausendfünfhundertundsiebzehn Jahren kein einziges Mal. Wie hätten wir das ahnen sollen?«
»Jedenfalls müssten wir jetzt bald da sein«, sagte Kaspar, während sie sich durch eine Wand aus Schneeflocken kämpften. »Da! Da unten ist ein Licht! Ja, es ist unser Stern ... das ist der Stall, ich weiß es«, rief Melchior hoffnungsvoll. »Und gleich vor dem Stall ist das Gasthaus. Hoffentlich hat der Wirt in diesem Jahr wieder seinen heißen Gewürzwein auf der Karte ...«

EINE TÜR IM DUNKELN

Das kleine Licht wurde noch kleiner. Doch es war nicht das kalte Licht eines Sterns, das leuchtet, ohne zu brennen. Es war das Flämmchen einer Laterne. Und unter der Laterne war eine Holztür mit aufgemalten Blumen.
Nun denn: Türen sind zum Anklopfen da. Und genau das tat Balthasar. Er klopfte an. Jemand öffnete.
Es war ein kleiner Mann, weder jung noch alt, die Haare struppig und etwas ungekämmt und mit Apfelbäckchen, die rot waren vom Herdfeuer.
»Willkommen«, sagte er. »Willkommen in meinem Haus. Ich sehe, dass ihr von sehr weit her kommt. Der Komet hat euch hergeführt, stimmt's? In den Jahren des Kometen geschehen immer merkwürdige Dinge ...«
Er sprach eine Sprache, die nur wenige kannten. Doch Balthasar verstand ihn, schließlich verstand er ja immer alles und winkte seine Gefährten herein. Drinnen war es warm. Es gab schöne Möbel aus Holz, die mit Blumen

und Blättern und Früchten bemalt waren, einen langen Tisch mit Bänken und einen großen Ofen aus hellem Stein.

»Das ist nicht das Gasthaus«, sagte Melchior misstrauisch. »Aber Glühwein gibt es trotzdem«, freute sich Kaspar. Eine ältere Frau trat lächelnd auf sie zu. Sie trug ein Tablett mit drei Bechern, und der Duft der Gewürze war unverwechselbar.

»Trinkt, wärmt euch auf, macht es euch bequem.« Der Mann machte eine einladende Geste. Diesmal verstanden ihn auch Kaspar und Melchior.

Die drei Könige setzten sich auf die Bank. Der Ofen verströmte eine sanfte Wärme. Sie wickelten sich aus ihren Mänteln und tranken den Wein. Dann wurden Schüsseln mit einer klaren Brühe gebracht, in denen kleine Teigkugeln schwammen, die einen wunderbar rauchigen Geschmack hatten. Zum Essen gab es Löffel. »Wie raffiniert«, sagte Kaspar. »In Palästina isst man alles mit den Händen ...«

»Ich habe euch ja gesagt, dass wir uns verirrt haben«, zischte Balthasar. Doch auch er aß und trank gierig. Er fühlte, wie ihn mit einem Mal die Erschöpfung der ganzen Reise übermannte, als legte ihm jemand einen Sack Steine auf die alten Schultern. Plötzlich weinte oben ein Kind. Die drei Könige sahen zu der Holztreppe hinüber, die an der einen Seite des Raumes ins Obergeschoss führte.

»Da ist ein Kind«, sagte Balthasar.

»Es ist gerade geboren«, erklärte der kleine Mann.

»Wie viele Kinder kommen wohl ausgerechnet am 24. Dezember zur Welt?«, fragte Balthasar.

»Nicht viele, aber wir hatten das Glück. Es ist wirklich ein Geschenk.« Der Mann lächelte. »Maria!«, rief er nach oben.

Auf dem Treppenabsatz erschien eine junge Frau. Sie trug ein elegantes Kleid in Rot und Schwarz mit silbernen Knöpfen und darunter eine weiße Bluse. In den Armen hielt sie ein Bündel, das sie zart an sich drückte. Vorsichtig stieg sie die Stufen hinab. Dann zeigte sie das Kind den drei alten Gästen.

»Es ist ein Mädchen«, sagte der Mann stolz. »Meine erste Enkelin.«
»Wie heißt sie?« Balthasar blickte in das rosa Gesicht mit den blaugrauen Augen, die durch ihn hindurchzusehen schienen.
»Sie hat noch keinen Namen. Den müssen wir erst noch aussuchen«, sagte der Mann.
Erneut ging die Tür auf. Ein junger Mann mit blondem Bart und blauen Augen trat herein. Nachdem er die Tür wieder sorgfältig verschlossen hatte, wandte er sich an die Neuankömmlinge: »Ihr seid Reisende von weit her? Das war sicher kein Vergnügen, bei diesem Schneesturm ... Ihr könnt bleiben, so lange ihr wollt. Reisende sind uns immer willkommen. Vor allem an Weihnachten und wenn sie zu dritt sind. Solche Gäste sollte man immer aufnehmen.« Er setzte sich zu ihnen. »Denn es gibt hier bei uns eine Legende, die besagt, dass es die Heiligen Drei Könige sein könnten, die sich verirrt haben. Das sind natürlich nur Märchen für Kinder ...« Der junge Mann lächelte. »Doch wir sind froh, euch willkommen heißen zu dürfen, denn heute feiern wir ein großes Fest in diesem Haus.«
»Das wissen wir«, sagte Balthasar. »Und wir haben Geschenke für das Neugeborene mitgebracht.«
Er gab seinen Gefährten ein Zeichen, und sie begriffen sofort. Jeder wühlte in seiner Satteltasche. Dann öffnete Balthasar eine kleine Schatulle, die mit Gold gefüllt war. Melchior stellte ein Beutelchen aus Leder auf den Boden, aus dem es nach Weihrauch duftete. Und Kaspar öffnete eine kleine Dose mit einer weichen, dunklen Creme: Myrrhe. Auf ein weiteres Zeichen von Balthasar hin verneigten sich alle drei vor der jungen Mutter und legten ihr ihre Geschenke zu Füßen.
»Aber ... aber ...«, stammelte der kleine Mann. »Aber dann ...«
Es gab eine lange, verwunderte Pause. Eltern und Großeltern sprachen kein Wort, sie waren blass geworden. Mitten in die Stille hinein gab das namenlose Mädchen ein kleines, glückliches Glucksen von sich. Erst da begannen sie alle zu lächeln.

»Das war schön«, sagte Kaspar am nächsten Morgen. Der Schneesturm war vorüber, und die Sonne beschien eine weiße Welt: eine großartige Berglandschaft mit weißen Gipfeln, die sich gegen das Blau des Himmels abhoben. Die drei Könige waren wieder unterwegs. Die frischgebackenen Eltern und Großeltern hatten ihnen köstlichen Proviant, Handschuhe und Mützen mitgegeben. Die Kälte biss ihnen in die alten Gesichter, doch sie machte ihnen nicht mehr so viel aus.
»Das war schön«, bestätigte Melchior. »Aber was schenken wir jetzt dem Kind? Falls wir überhaupt noch rechtzeitig ankommen ...«
»Den Weg kenne ich jetzt jedenfalls, mit oder ohne Stern«, sagte Balthasar. »Ich habe heute Nacht meine Weltkarten studiert. Wir kommen rechtzeitig, ihr werdet sehen. Und ein Geschenk für den Kleinen haben wir auch ...« Und er zog ein kleines Buch mit rotem Ledereinband aus der Tasche.
»Was ist das?«, fragten Kaspar und Melchior beinahe gleichzeitig.
»Das ist ein Buch mit Weihnachtsgeschichten«, antwortete Balthasar. »Mit allen Geschichten der vergangenen Weihnachtsfeste, an die wir uns unterwegs erinnert und die wir uns erzählt haben. Und die Geschichte von drei leicht verwirrten Königen, die dem falschen Kometen gefolgt sind ...«
»Und wer hat sie geschrieben?«, fragte Kaspar.
»Ich«, sagte Balthasar. »Nachts, während ihr geschlafen habt, habe ich aufgeschrieben, worüber wir tagsüber gesprochen hatten. Der Schlaf der Alten ist so leicht und kurz ... Aber jetzt müssen wir weiter. Diesmal können wir uns wirklich keine Verspätung leisten, nicht einmal eine Stunde!«

Und die drei Könige zogen weiter und erreichten am Morgen des 6. Januar den Stall – gerade noch rechtzeitig. Bei sich hatten sie ein Geschenk, das kostbar war wie Gold, leicht wie Weihrauch und unsterblich wie die Myrrhe: die Weihnachtsgeschichten – immer gleich, immer anders und immer schön.